U0536294

〖中华诗词存稿·名家专辑〗
中华诗词学会 编

高昌诗词选

高昌 著

中国书籍出版社
China Book Press

图书在版编目（CIP）数据

高昌诗词选 / 高昌著 . –– 北京：中国书籍出版社，

2019.9

（中华诗词存稿）

ISBN 978-7-5068-7415-1

Ⅰ . ①高… Ⅱ . ①高… Ⅲ . ①诗词—作品集—中国—

当代 Ⅳ . ① I227

中国版本图书馆 CIP 数据核字 (2019) 第 189323 号

高昌诗词选

高昌 著

责任编辑	王志刚
责任印制	孙马飞　马　芝
封面设计	采薇阁
出版发行	中国书籍出版社
地　　址	北京市丰台区三路居路 97 号（邮编：100073）
电　　话	（010）52257143（总编室）（010）52257140（发行部）
电子邮箱	eo@chinabp.com.cn
经　　销	全国新华书店
印　　刷	北京虎彩文化传播有限公司
开　　本	710 毫米 ×1000 毫米 1/16
字　　数	200 千字
印　　张	24
版　　次	2019 年 9 月第 1 版　2019 年 9 月第 1 次印刷
书　　号	ISBN 978-7-5068-7415-1
定　　价	198.00 元

《中华诗词存稿》
编委会名单

作者简介

　　高昌，1967年生于河北辛集，1985年毕业于河北无极师范，1989年毕业于河北大学作家班。曾以新诗入选《诗刊》杂志社青春诗会，也曾以旧体诗入选《中华诗词》杂志青春诗会。新体、旧体兼写，新韵、旧韵并用。认为作诗须见本心、生真趣，不随不媚、不囿不执，走光明路、写温暖歌、做干净人。现任《中华诗词》杂志主编、中国文化报社理论部主任、中华诗词学会副会长、中国作协诗歌委员会委员。主要著作有《公木传》《玩转律诗》《玩转词牌》《变成一朵鲜花》《百年中国的感情气候》《儒林漫笔》等。

总　序

　　我们这个诗歌大国有一个很好的传统,历来注重"采诗"、搜集整理诗歌材料。作为唯一的全国性诗词组织的中华诗词学会,自 1987 年 5 月成立以来,就十分重视这项工作。学会每年的学术研讨会和历届"华夏诗词奖",都出版论文集和获奖作品集。纪念学会成立二十年、三十年时,还专门编辑出版了《大事记》《论文选集》《诗词选集》。《中华诗词》创刊以来,每年都制作年度合订本。2007 年 5 月,在北京天识东方文化艺术传播有限公司的资助下,以近代以来诗词创作、诗词理论、诗词运动重要文献汇编,当代名家个人作品专集等为主要内容,出版了《中华诗词文库》。经过十来年的编辑整理,已经出了近百卷。这些诗集、文集的出版,记录了近百年来尤其是改革开放四十多年来,中华诗词从起步、复苏走向复兴的砥砺前行的历程,为近、当代诗歌史的撰写准备了丰富的资料。

　　党的十八大以来,中华民族优秀传统文化重新受到应有的重视。习近平总书记《念奴娇·追思焦裕禄》词和《军民情》七律的相继发表,引领中华大地诗潮滚滚而来。《中共中央关于繁荣发展社会主义文艺的意见》和中办、国办《关于实施中华优秀传统文化传承发展工程的意见》,都明确提出"加强对中华诗词、音乐舞蹈、书法绘画、曲艺杂技和历史文化纪录片、动画片、出版物等的扶持。"国家教育部组织制定由中华诗词学会起草的新中国语言体系中的新韵书《中华通韵》已经通过国家语言文字工作委员会语言文字规范标准审定委员会审定，即将颁布全国试行。这些都使我们真切地感受到，中华诗词的春天真的到来了。诗人们乘着骀荡春风，正以高昂的激情，书写着中华民族伟大复兴的新时代、新史诗，国家富强、民族振兴、人民幸福的中国梦；正以与人民同呼吸、共命运的诗人之心，对人民的欢乐、人民的忧患、人民的情怀给以诗意的表达；正以"美"或"刺"的诗人之笔，对市场经济大潮中人民对幸福生活的期待，对美好未来的希望，对假丑恶的深恶痛绝，或给以方向，或给以赞美，或给以鞭挞。正如习近平总书记所指出的："好的文艺作品就应该像蓝天上的阳光、春季里的清风一样，能够启迪思想、温润心灵、陶冶人生，能够扫除颓废萎靡之风。"

当前，传统诗词创作者和诗词爱好者队伍发展迅速，已超过三百万。每天创作的诗词作品超过唐诗、宋词、元曲的总和。诗词评论研究队伍也成长很快，诗词评论、诗词学、诗词创作理论研究成果丰硕。如何从浩如烟海的诗词作品中"淘"出优秀作品，并使之存下来、传下去，如何使诗词研究理论成果"面世"并发挥应有的指导作用，确实是摆在我们面前的无可回避的一个重要课题。中华诗词学会是一个没有国家编制，没有国家拨款的社会团体，事业的运转主要靠社会赞助和会员费支撑。俊识（北京）文化传媒有限公司总经理吕梁松、北京采薇阁总经理王强，两位一直是对中华传统文化情有独钟的热心人，慷慨解囊，愿意同中华诗词学会一起，搜集整理编辑推出《中华诗词存稿》这套书，共同为中华诗词文化的继承和发展，做成这件十分有意义的事情。

　　《中华诗词存稿》主要搜集整理出版三部分内容的资料：一是当代诗词名家的个人作品集；二是当代诗词评论家、诗词学者的学术著作集；三是当代诗词作品、诗词理论学术成果阶段性、专题性、地域性的集成类作品集。诗词作品强调精品意识，沙里淘金，把"有筋骨、有道德、有温度"的优秀诗词作品搜集起来。诗词评论、研究类资料强调理论性和创新性，应具有鲜明的个性特点，具有创建性的见解。集成类的资料应有一定的史料保存价值。总之，做成一套具有当代价值和历史意义的好书。在此，我们编委会人员，向提供资料、筛选编辑、版面设计、校对勘误，包括所有为这套资料付出辛勤劳动的同志们，表示真诚的谢意！

郑欣淼

二〇一九年七月于北京

小　引

手掌般的叶子，梳理流年；眸子般的年轮，纪录沧桑。将自作诗词删修辑录成册，愿以碧桐为喻。

碧桐者，绿色梧桐之谓也，颇合我心。上苑琼林可遇，寻常井巷能栽，迎风见其森森格致，听雨喜其粒粒清圆。知岁时，宜子孙，中正平和，厚朴从容，凌霄不屈己，得地本虚怀，材中琴瑟，枝上凤鸾，实嘉木也！

从"碧梧栖老凤凰枝"遥想唐人气象，从"岁老根弥壮、阳骄叶更阴"追思宋人风范，从"非梧桐不止、非练实不食、非醴泉不饮"品味《庄子·秋水》的高古情怀。今昔幽思，阴晴感慨，系于老叶苍柯之间也。

西人有所谓等待戈多之说。戈多是虚拟的，而等待是真实而虔诚的。以此类比梧桐对凤凰之"等待"——凤凰飞舞于美丽虚幻之神话，而梧桐则深植于广袤坚实之土地。枝枝相覆盖，叶叶相交通。梧桐树的"等待"，是对美好的期许，是对高洁的执著，也是对梦想的坚持。

柳有飘逸，枫有热烈，松有苍劲，梅有鲜妍，梧桐也于平和恬淡之中葆有自己的潇洒和雍容。舒婷女士曾言："作为树的形象和你站在一起。"是的，淡定的梧桐也以树的形象，矜持而自信地站向古往今来之诗林，接受时间和读者检验。

　　癸巳年间，几位诗友曾拟以"碧梧集"为名，合出一本诗词集，并公推我来作序。后因机缘交错，"碧梧集"中道"崩殂"，未能付梓。而我对梧桐之情思，仍久久萦怀，念念不已。一则托以言志，二则借以攄情，三则纪念"碧梧集"诸友的情谊，四则保存一份孩提时的心迹——

　　忆昔辛集老家，祖父手植碧桐一树。紫花盈枝，芬芳满庭。绿荫如盖，清气涤胸。祖父在树下做木工，我在树下读金庸；祖母在树下纺棉线，我在树下背李白……多少美好细节，多少温暖忆念，在在如昨，历历目前。而今岁月远去，童年不再。乱石崩云，百感扎心。红尘过眼，修然诗存。

　　梧与桐，小有别。同类而异，统名梧桐。古云："新阡无用栽凡木，待看奇才长碧桐。"所有期许与自信，都在桐花万里丹山路上。凤哕龙吟，四野清声，鸣于心而籁于天也。

　　碧桐是什么派？碧桐派。根在人间，干在人间，芬芳和葳蕤在人间，呼吸和歌唱也在人间。凤凰虽远，等待凤凰的初心却毋改。

　　书前略赘数言，权作小引罢。

戊戌炎夏于蓟门静安居

目　　录

词 部

曲　部

外 篇

诗部

案上水仙

寒封千万村，腊雪压晨昏。
妻恐诗情淡，春留一小盆。

忧思截句

忧思郁如草，随春绿满园。
穿堂莺雀聒，枯坐者无言。

犀管截句

犀管搦山幽，鸾箫吹水湛。
欲罗星斗辉，尽扫瘴云黯。

灰陶甗截句

夏商俱远去，蒸煮续尘寰。
青涩到成熟，在乎烟火间。

【注】
　　2017年9月30日，在福建省海丝外销瓷博物馆参观猫耳山出土夏商时期龙窑夹砂灰陶甗。

红豆截句

相思曾入幻，况更用情深。
红豆红如火，依稀炙在心。

絮儿歌

懒得斗红紫，飘然风自起。
何须左右翻，都在春天里。

鹰角亭截句

碧波空起伏，红日自浮沉。
潮送心来去，沙随脚浅深。

小枨触

一笑看红紫，贪痴争未已。
荷前咫尺波，谁识沧浪水？

似水

似水看流年，于人一泫然。
老怀枯似叶，只是写拳拳。

题骆宾王咏鹅亭

池边小儿语，千古起回声。
红掌寻常物，拨来沧海惊。

大有庄绿杨宾舍茶叙偶得用主人蔡兄诗韵

良缘结红线，系得素心人。
有梦春常在，有诗天地新。

玉兰香盏举，素影醉诗人。
信手来佳句，轻拈一瓣新。

【注】
绿杨宾舍在北京海淀大有庄。前诗二"有"，借"大有"而来。

匡山截句

幽谷通公路，行行市井人。
仙山在凡境，有味是红尘。

匡湖截句

碧湖围小岭，拱坝蓄风波。
一似骚人腹，终归块垒多。

梦笔山截句

江郎故事留，丹桂一山秋。
欲觅生花笔，先开小阁楼。

龙井截句

转崖随石栈，分竹见清溪。
一带连慈母，匡山小肚脐。

听琴截句

明月万山拦，幽怀切切弹。
时音轻古调，弦外世风寒。

【注】
2017 年 9 月 28 日夜赏陈长林先生奏《春江花月夜》。

西山居截句

思与宋人伍，心临衍义亭。
弦歌真隔世，空见画成屏。

【注】
西山居为南宋理学家真德秀先生旧宅。

小密截句

小密尝包酒，诗多美味藏。
逢人偶相问，吐气十年香。

镇安桥截句

张臂揽江溪，水东连水西。
廊桥有些梦，逢雨不须携。

【注】
镇安桥横跨临江溪，连接水东村和水西村。

昼锦堂截句

洒爱为霖雨，甘棠次第香。
澄心开玉鉴，衣锦发清光。

桃林偶感

叶未绿蛾眉，花先红指甲。
东风自有心，春色偏无法。

小 河

河小扬波远，情深汩汩流。
沧浪千万里，一路立潮头。

伊犁天马

振鬣风云起，扬蹄血气腾。
天生千里足，惟盼脱缰绳。

题自画牵牛图

风和万物新，芳草美于人。
牛儿贪日暖，独占一坡春。

双同村截句

香榧阅千古，山花笑一堆。
光阴权且住，小坐莫相催。

丹桂广场截句

人云秋乍肃，丹桂始为开。
谁解木心苦？怜花我独回。

【注】
据当地人介绍，丹桂须寒袭而开花。

拍手截句

春风来拍手，花草更鲜明。
山水齐呼吸，人天一例清。

飘雪截句

连夜飘零雪，梅开一小枝。
窗前发微信，正是想家时。

乡情四韵

料是香椿嫩，乡愁与我期。
归心裁细叶，先上故园枝。

月映荷塘美，更深蛙唱催。
呱呱念游子，光腚那娃回。

小枣变红脸，长竿手上持。
乡情滋味好，一咬一行诗。

天上鹅毛落，思飞少小时。
依稀慈母唤："堆个雪人儿。"

七夕杂感

织痴耕亦拙，牛女自情深。
寄语家儿女，休为乞巧人。

能愚即脱尘，俗世巧嫌频。
偶看纷纭客，多怀乞巧心。

读张菱儿摄江南油菜花

菜花挥妙笔，染得山川改。
残雪蓦然删，一湾金色海。

随意薰风动，翻腾蜂蝶忙。
田间花自野，不用锁幽芳。

灿灿疑天接，春风舞袖回。
金毡铺大野，好梦正相催。

已别菜花久，芬芳忆故年。
仍如金焰舞，奔突在心田。

哭张结老师

世路难如蜀，斯人洁似莲。
诗遗情永结，薪尽火长传。

【注】
张结为《中华诗词》杂志原主编。

静安居偶感

逝水岂须追，飘云何所为。
试从陵谷换，来悟海桑移。

题自画《卧牛图》

傍溪闻短笛，暂卧一丘山。
梦逐春风远，心闲陇亩间。

送暖

送暖入屠苏，春风淡似无。
天高明月酷，惜与草民疏。

谁染截句

谁染苍山润？谁梳岸柳新？
杖头簪小朵，我有一枝春。

悠闲截句

春风自深浅，山水转清明。
林杪泥巢里，偶然三两声。

尺八

乱抖水晶烟，苍凉落雨天。
春风零热泪，尺八有情缠。

观荷有感

泥淤岂必哀，晴晦任天裁。
风举青萍仄，风轻菡萏开。

冰灯截句

莹澈立高台，冰心冻未开。
清凉深处看，暖暖有光来。

明月截句

明月脩然抱，流云自在游。
紧随风背后，有一种温柔。

繁星截句

繁星落湖面，千万粒寒光。
偶尔波心动，一层层感伤。

瞻毛主席纪念堂

日照九州春，阴晴岁月新。
孰能延大业，敢问后来人。

飒飒风云笔，谆谆金石音。
升沉自轮替，冷暖任晴阴。

心近若相邻，情深如至亲。
尘嚣无所谓，碑立在民心。

七九截句

不听溪声久，冰寒坚未消。
东风前夜骤，一涨是春潮。

好

好花风去折，好剑锈来磨。
多少牛人梦，不堪肠断歌。

淤泥河

岁月桥边过，绵绵流不休。
青山多眷恋，一浪一回眸。

访周家杏花未遇

人道花容艳，携诗千里游。
佳期惜难约，心上馥香浮。

星星截句

濯足天津水，银河跃手中。
偶惊牛女梦，拂袖有清风。

银汉渺无边，幽幽说黑洞。
试挥光帚开，欲向鸿蒙送。

大海在微笑

大海在微笑，狂风来叩门。
浪花开复谢，舒卷各无痕。

戊戌重阳访上杭临江楼，传毛泽东 《采桑子 重阳》写于此处

战地历风霜，流年寸寸香。
黄花开倔犟，胆色胜春光。

粗看本寻常，风雷聚一堂。
临江小楼在，四壁坐沧桑。

放眼三千里，迎风思绪扬。
汀江齐踊跃，烟水更苍茫。

题赵钲老师画《双鸭图》

小荷开绿梦，红掌拨清池。
谁解双游美？难为一钓知。

海棠九韵

　　癸巳春日赴恭王府海棠雅集，与诸位师友徜徉海棠花下，天晴气朗，花好人和，颇多感慨。抚今思昔，得五绝九韵。

（一）

飘然逝水过，岁月随人叹。
雅集传风骚，花间留浪漫。

（二）

雨润怜红泪，风清传素心。
海棠花醒了，一粲惹情深。

（三）

翠条梳绿风，锦簇团红粉。
最美那枝花，心头甜似吻。

（四）

放翁吟丽影，苏子写风流。
携酒观花久，石头心也柔。

（五）

不要绮罗香，偏招蜂蝶狂。
流年堪叠彩，西府寄沧桑。

（六）

百载光阴远，华堂风雨多。
入诗还入画，如梦亦如歌。

（七）

青枝春睡足，紫燕听呢喃。
已订东风约，冰霜蕊上芟。

（八）

春催花萃锦，含笑祝尘寰。
来客多难识，棠轩换旧颜。

（九）

天意助人情，群芳开不歇。
高吟忘市声，琪树升明月。

菜畦新雨过

菜畦新雨过，昨夜客心归。
起看乡愁湿，青青叶正肥。

野菊

偏从寒后艳，真是晚来红。
照水憨憨笑，披襟爽爽风。

咏牛

不叹耕犁苦，情牵陇亩春。
扬蹄解人意，天地一哞新。

西坝河公园石凳

曾喜紫薇开，曾悲银杏落。
曾摇两树风，共坐一轮月。

黄果树瀑布谣

翻崖石喷雪，黄果挂苍柯。
乱叶随风舞，高枝锁薜萝。

白发三千尺，青山愁似波。
不平鸣末路，幽壑荡长歌。

巧女弄银梭，狂魔击玉珂。
听犀雷鼓震，观瀑白云多。

【注】
听犀，指犀牛潭。

清流临绝顶，长路曲回多。
一跃跌潭底，昂然看立波。

有寄

偶尔一轮秋，毋须两地愁。
胸中月无缺，常挂在心头。

门外

门外一帘雨，槛中万里心。
高低识清浊，聚散变寒温。

答友人邀观钱塘潮

　　2017年11月13日，萧山朱超范先生邀观钱塘潮，并赠诗《屡邀观潮寄友人》："把酒临江酹桂醪，浩吟句比月轮高。运河堪托三秋信，为有京杭万里涛。"盛情高谊感人，赋此以谢。

老友具醇醪，钱塘秋正高。
笺如潮有信，邀掣海天涛。

高情载高铁，沿线一堆堆。
梦里京杭道，潮奔十万雷。

天开壮图涌，江放好歌多。
君住海门侧，豪倾万里波。

短信丁铃响，君诗到北京。
满屏英气溢，中有大潮声。

屡爽观潮约，奈何如许忙。
与君同皎洁，明月寄钱塘。

江畔往来游，但看风景美。
我知多少情，写在大潮里。

难得两相知，平生真大快。
拈须同苦甘，最美是诗债。

丹桂开朱槛，诗痴或一范。
身心俱透明，江海共澄湛。

风急振鹏翼，流深跃巨鳞。
手携沧海立，敢是弄潮人。

梨枣报言齐，殷殷索句题。
聊书心底话，权作护花泥。

送友人赴新疆挂职

折柳春风远，春风一路歌。
心声期玉振，信有慨慷多。

天山红日跃，戈壁彩云深。
心醉情千里，诗酬梦一斟。

长河听万载，大漠大胸襟。
骋目霜天阔，乾坤入壮心。

松下

松下问诗艺，言诗与水似。
只在此心中，流向情深处。

郭小川研讨会口占

川小漩涡多，风尘一路歌。
汤汤流不倦，沧海去扬波。

秘密

草叶试寒暖，悄悄掀我襟。
花苞辨风向，悄悄开我心。

目光难捉摸，如同深情风。
听惯温柔雨，石头在泛青。

虫儿的声音，鱼儿的细节。
草儿的性格，花儿的感觉。

素烛点亮你，明亮的秘密。
静静悄悄燃，静静悄悄熄。

清气词

秋波蓝似梦，霜叶美如歌。
料得梅花近，人间清气多。

雁字横空渡，丹霞梦一函。
欲骑风作翼，高挂海天帆。

自有春风愿，何须天下知。
清香在幽谷，岁岁发新枝。

十八岁生日自赋壮辞

凛凛荆高士，锵锵琨逖生。
闻鸡惊湛露，击筑振长风。
雪打旗流火，云开海欲龙。
英雄千载迹，书剑岂能空。

【注】
荆高，指荆轲、高渐离。琨逖，指刘琨、祖逖。

小花朵

那串小花朵，曾经把示君。
情多翻似假，梦美倒疑真。
水共云帆远，春随草木深。
风清香散淡，心裂已成纹。

马岭河峡谷观黄龙瀑

石雷鸣翠峡，银瀑抱青川。
龙钓云垂线，琴调雪抚弦。
转山随日月，流水起风烟。
跃马撼情壮，探身欲举天！

甘霖歌

1988年夏从河北大学骑单车访白洋淀，久涸之后水乡重现，感赋。

照影思张嘎，单车百里轻。
鹅黄含柳翠，鸭绿泛桃红。
且喜翔归鹭，曾忧困蛰龙。
浣花连夜雨，天地大不同。

【注】

张嘎，作家徐光耀以白洋淀为背景的小说《小兵张嘎》中的
人物。

天地大不同，银河倒泻澄。
枝头歌更密，水下梦初萌。
谁洒琉璃盏，湖翻玉净瓶。
清波开笑靥，桨动入丹青。

丹青铺白淀，造化有奇功。
田蓄舟前碧，树流水上萍。
苍茫舒大美，潋滟闪柔情。
绮梦联翩至，飘飘风一篷。

飘飘风一篷，袅袅动心旌。
旱魃云难结，敖龙脉有灵。
烟岚深旧浦，银浪掩新汀。
蓄蓄歌戳沛，燕燕唱晴空。

燕燕唱晴空，波光潋荡中。
艳阳真暖暖，好水自清清。
鳞抱还乡梦，喙衔锦绣笙。
菱纤缠地脉，菰米缀天工。

菰米缀天工，虹飘七彩呈。
催诗风雅颂，敲梦雨霖铃。
烟士红荷侧，缪斯青苇中。
一痕云瑗琏，几朵雾朦胧。

【注】

烟士，即"烟士披离纯"。

几朵雾朦胧，孙犁偶与逢。

蒲台留朗月，荷淀绕清风。

恰恰桥头叙，悠悠水面行。

风云纪燕赵，咫尺有仙踪。

【注】

孙犁，荷花淀派作家，著有《荷花淀》《采蒲台》《风云初记》等。

咫尺有仙踪，蒸蒸暑气空。

荷鲜香自盛，韵险句犹工。

日映双珠蚌，天挥一荇风。

小舟轻似梦，摇我返顽童。

关雎谣

窈窕忆河洲，春风浪漫流。

追蜂一涡蜜，扑蝶满怀羞。

唇抿桃花笑，眉弯柳叶柔。

关雎好逑处，绿掩小红楼。

有爱

有爱到唇边，衔来一口鲜。
菊新曾浴露，柳老更吹绵。
裙角风偏美，天心月正圆。
牵牛开满地，绕著脚丫缠。

北戴河咏老虎石

昂头吞海啸，怪爪向风挥。
滩浅群氓戏，云深一梦飞。
天边潮暂去，山上月初归。
困久心成石，丛林惜久违。

题山海关

吟眸云外豁，天地入诗心。
慷慨山连海，蜿蜒古到今。
雄关拳一握，骇浪酒千斟。
羯鼓声悲震，遥闻隔世音。

块垒生芒角，苍茫澄海楼。
旌麾千里壮，锁钥两京幽。
西却白云远，东归碧水流。
群山拦不住，一啸老龙头。

不在乎

不在乎谁上，不在乎谁下。
清风有来去，明月无牵挂。
花时晴复晦，世味酸还辣。
淡淡一心宽，惟无者为大。

老龙头公园有感

处处花争俏，纷纷对镜头。
曾挥沧海泪，不做夕阳愁。
铁炮闲成锈，烽台妆似楼。
老龙雄起否？野水漠然流。

遥想喀纳斯湖

彩蝶驮香梦，天鹅弄夕晖。
奇峰还郁郁，秀水自依依。
每拟仙姝美，翻惊湖怪归。
澄波千载镜，一照我心飞。

遥想高昌城

苍凉随落日，天地举如杯。
谁卷群星去？我擎孤月来。
流沙追梦远，断壁入诗哀。
瀚海春风渡，心花次第开。

左右

左右认难真，江湖测莫深。
瘴来浓似墨，谣起乱如云。
邪路歪风扫，歪门邪气侵。
精华托朽木，蜡炬认星辰。

京城暴雨小记

天雨惊如注，燕山骇欲飞。
重霾四方合，残日一风挥。
地铁输云瀑，班车汩水围。
凄凉随湿气，忽忽浸单衣。

宽街连海迥，霹雳叩云扉。
宝马凌波去，奔驰踏浪归。
喧哗今未已，澎湃古还稀。
泽国观车渡，疑为舴艋飞。

挽歌

——悼《阿阿熊》编辑部主任丁志健等雨灾遇难者

蓦然成契阔，汹涌泪沾衣。
魂断凄风烈，心惊淫雨威。
伤情寒草乱，湿梦杜鹃飞。
总是悲离苦，愁云绕翠微。

恭王府感和珅

胜友如云至，华堂半已非。
百年留气象，一苑蕴光辉。
乐独人情淡，福藏心意违。
红尘争萃锦，渌水钓船稀。

温暖

——赞自发助人的北京市望京志愿者车队

寒天温暖在，风疾看车飞。
情借引擎引，心迎归梦归。
小轮传大爱，阴雨送晴晖。
灯照前途亮，谁云美德稀？

"先来"赞

"还是我先来吧。"北京向阳路派出所所长李方洪在急流中一边说着，一边走到搜救小组最前边。没想到，这是他留在世界上的最后一句话。

"让我先来吧"，从兹竟未归。
丹心燃火焰，碧血放光辉。
慷慨今重唱，铿锵曾久违。
悲歌歌一曲，化作泰山巍。

洪泽湖泛舟

小艇随风发，澄波舷外流。
云飞山插翅，海去浪回眸。
万亩红荷挺，一群苍鹭游。
蒹葭连岸起，送绿到心头。

贺友人《北大荒吟草》出版

雅集看琳琅，情随黑水长。
满怀真切切，一色莽苍苍。
热血融残雪，豪吟惊大荒。
露滋芳草碧，风送稻花香。

题老子山呈谢公启明吟丈并洪泽诸师友

山低云水流，大道总无由。
滚滚归沧海，悠悠到白头。
长风心共远，明月梦相留。
聃老千秋仰，洪波鼓未休。

不共铜钿臭，能因斗米羞？
石边千叠浪，云外一声鸥。
寂寞韩侯钓，逍遥范蠡舟。
乾坤真逆旅，萧瑟满山秋。

久叹丹炉废，仙人洞幸留。
我来相借问，聃去可容投？
千里难穷目，一层还上楼。
阿谁寻石径，踽踽伴青牛？

胜境豁吟眸，谢公偕壮游。
泉温花梦暖，林茂鸟啼幽。
聚短缘长忆，情深念永留。
滔滔洪泽水，澎湃在心头。

吟别赵公焱森吟丈并潇湘诸位师友

自有诗缘结，交情岂是攀。
人清濯湘水，梦暖绕韶山。
立孔程门愧，望洋河叹顽。
春风穆桃李，明月照心间。

梅岭歌

梅岭真如画，华枝摇似旌。
诗随疏影美，梦逐暗香轻。
一脉缠绵水，千年浪漫城。
春风情不老，搦管起新声。

元宵望月

月洒如泉注，心柔似少年。
星眸忆秋水，花面染春天。
袅袅风传梦，翩翩人赛仙。
华灯开妙境，柳线一情牵。

雪日读书和凯公五律一首

快雪添书趣，寻幽别有春。
爱莲夸至味，颂橘寄精神。
壁叠青山渡，灯明红豆村。
灵犀心久待，一点最迷人。

油菜花开了

油菜花开了，香来是故乡。
柔情萌翠绿，好梦染金黄。
这亩春风醉，那些胡蝶忙。
陇头心正野，不用锁幽芳。

过杜甫江阁

远岭凝寒碧，清流漾绮纹。

小园花正火，高阁客如云。

风景千秋好，笙歌一霎醺。

石壕惊吏酷，今日怯思君。

【注】

杜甫江阁在长沙，传为杜甫写"正是江南好风景，落花时节又逢君"处。

网上见雅安地震灾民擎标牌呼救，
上书"我很饿"等字

泪眼看新闻，狂魔骤入门。

啼饥听众盼，叹渴困孤村。

震耳山河颤，惊心日月昏。

黔黎呼实干，侃侃莫空论。

芦山遮不住，毕竟有情连。

旭日心头渡，春风手上传。

残垣孤草劲，险路百花鲜。

一脉丹忱永，雅安佳梦圆。

谢黄彦老师赠大著《但耸危言济盛世》

忧患人间盛，丹情比负暄。

孜孜寻大道，谔谔对高轩。

不寐雷霆震，连宵风雨繁。

华筵醉商女，醒世听危言。

赠友用苏味道《上元》韵

缦缦卿云合，春风冻土开。

情随彩虹起，梦逐绿波来。

笑脸团如菊，诗心绽似梅。

惊雷闻戛玉，天意正相催。

【注】

天意，取白居易"天意君须会，人间要好诗"之意。

咏歌风台并贺歌风书院成立

千秋思猛士，一笔写苍茫。

墨接兰亭序，歌飞赤帝乡。

情于星斗柄，画在梦中央。

矫首蛰龙奋，雄风荡八荒。

兔年感怀

不敢夸三窟，人间正拆迁。

酸眸红已久，苦胆大来玄。

捣药君忧世，守株谁待缘。

攫身惊虎去，忐忑入新年。

谢潘泓家嫂子亲手做热干面

棠棣连枝丽，新洲别样春。

倾杯自佳句，举座共良辰。

送暖欢声沸，分香喜气匀。

清泉漱荆玉，秀竹拟斯人。

【注】

新洲：指新洲商务大厦。

蟹儿歌

浪骇与涛惊，低层惯此生。

风雷心上淡，水陆掌中轻。

碧海拨晴晦，黄沙点仄平，

棱棱寒骨瘦，踽踽我横行。

孟兄鸿鹏贤女新婚大喜吟此以贺

酒暖良缘聚，莲开胜侣新。
百年琴瑟月，一曲凤凰春。
芳草偕甘澍，夭桃共吉辰。
弦歌思亚圣，仁者爱于人。

【注】
孟子有言"仁者爱人"。

你

东西南北你，夜静惹相思。
绕梦穿风雨，缘情叹别离。
飞星伤似叶，坠鸟系如丝。
红烛愁难解，泪垂珠点儿。

秋风吹逝水，那叶最先知。
掬月清光泄，飘花寒露滋。
心融情入酒，我举你为旗。
种梦围城里，朦胧看一枝。

红莲开旧瓣，回首似堪悲。
一别舟还待，百年谁可期。
云肥曾作泪，月瘦渐成眉。
浊浪挥平仄，泥涂藕孕丝。

苍茫寻道路，坎坷几多歧。
斜日归无极，孤星问所随。
眉前今古换，心外海桑移。
醒醉看浮世，簪花只暂谁。

忆武当

身似白云闲，心随小径弯。
至清风飒飒，上善水潺潺。
问道幽时醉，寻诗险处攀。
别来常入梦，难忘武当山。

题绿杨宾舍

诗摘海棠侧，道寻松叶间。
随花开艳艳，与鸟唱关关。
天上风云淡，心头日月闲。
陶然簪一朵，和梦到南山。

流水沧桑远，懒将陈迹寻。
兴衰岂天命，载覆有公心。
龙虎威犹重，江湖测莫深。
绿杨今更好，休使酒空斟。

高家堰漫步

滔滔洪泽浪，都在臂弯中。
聚得一方土，来迎万里风。
堰裁疑鬼斧，水截叹人工。
百转牵情远，蜿蜒接碧空。

致大海

一碧多情水，团团绕梦嬉。
长波亲更抚，细浪扯加推。
漫若沙头蟹，怡如海底龟。
摇篮回旧我，还是小顽皮。

忍冬小咏

幽幽陋室新，佳卉幸为邻。
冬忍窗前酷，春留掌上醇。
著花香串蔓，展叶翠迷人。
养我平和性，心头不染尘。

【注】
忍冬，中药，性甘寒气芳香，清热祛邪。

题赵钲老师指画梅花

怡然风雪后，美酒暂停杯。
试把羊毫搁，敢教花信回。
扬眉疏影见，转腕暗香来。
不待春雷唤，红梅绕指开。

娲皇宫

风霜心上删，百鸟入云闲。
已补苍天裂，曾逢圣女攀。
宁无今我叹，信有昔神还。
四野撑鳌足，昂然不许弯。

仍留娲祖迹，不负子民情。
敢补复奚畏，能耕定可荣。
雷披心血淬，电舞火风迎。
风雨神山在，回眸五岳轻。

承德吟别何理老师

人纯诗亦纯，明媚又清新。
洁比山泉美，醇同玉液陈。
逢君常欲近，与我总相亲。
感动千千万，乡音情最真。

致雅集诗友用凯公韵

莞尔海棠笑，新诗应节生。
嫩红宜入画，鲜绿每添情。
雨后莺歌脆，风中蝶梦轻。
抚弦心缱绻，举首月分明。

题建一镇千年松

老碧任寒暑，千年正色呈。
卿云挥绮梦，皓月蹑纯情。
木者由嘉著，公兮自直名。
深根蟠大地，风雨一肩轻。

贺湖南诗词学会七代会召开

载酒聚瑶台，风骚看楚才。
云轻随梦起，月朗伴诗来。
古径萦迁续，新花次第开。
深根蟠热土，大树倚天栽。

萤火诗和王玉明老师

叶底舞奇芒，风前闪异光。
心清尤焕彩，性淡不争香。
客路随秋远，蓬窗伴夜长。
相思灯盏亮，照梦到家乡。

西府有佳木

西府生嘉木，明霞偏有香。
情知春欲醉，美伴酒偏狂。
暖嫩青枝懒，寒轻彩蝶忙。
更怜蜂替我，高枕蕊中央。

题画蟹

朝泥郭索斜，暮鼎到人家。
陌上稻禾熟，酒边秋味赊。
风清偏入韵，蟹老正堪夸。
明月心头照，怡然醉菊花。

五台山

人居厌尘累，佛国遁身来。
黄叶飘千树，青云绕五台。
经摇金殿醉，香积玉炉埃。
有客殷殷祷：何时可旺财？

煤山槐

果是江山主？当真万岁乎？
已随陈叶烂，宜把老根诛。
鸿鹄林间聚，煤山陛下孤。
旗飘星火"闯"，黔首岂家奴。

过陈胜墓

将相凭谁种？殷忧系众心。
凝眸明似鉴，扼腕痛于针。
竿揭飞鸿远，旗开大泽深。
风雷犹入耳，青史费沉吟。

相思道拟梁孝王后

忆君君不见，脉脉此情深。
空掘相思道，难酬连理心。
借山传好梦，凭水送清音。
一线天光照，黄泉千百寻。

【注】

梁孝王后陵地宫有一隧道通向梁孝王陵方向，因地下水阻而止于 50 米处，人称 "相思道"。

谨步元韵敬和欣淼会长《七十咏怀》

沧桑几度旋，云水一飘然。
两袖萦清气，三秦漾紫烟。
海山升朗月，松鹤祝长年。
玉卞怀高格，珠隋寄雅缘。

时闻警世钟，欣挽管城公。
笔健人尤健，心雄韵更雄。
岐山鸣玉凤，渭水吸川虹。
马首瞻吟坫，颜开众乐中。

举火助泇渐，寻幽得纵探。
书排山碧碧，思汇海蓝蓝。
鼓吹无遗力，推敲有旧谙。
故宫今问学，仡仡兴尤耽。

流年逝水匆，浩荡看飞鸿。
册摄风云叠，屡巡山水重。
陟高怡画眼，涉险壮诗胸。
屈指恒河杳，远超霞客踪。

回眸十八秋，相识忆红楼。
清誉从今播，高风必古求。
论交同淡水，流俗等浮沤。
明月松间照，好诗心上留。

长白咏

寒冰百丈封，丘壑郁于胸。
山水居三甲，风云上九重。
撑天心未冷，柱地雪能溶。
铁骨敲来硬，情豪在险峰。

趁夜常来梦，相逢唤弟兄。
苍松迎客立，白雪铺毡迎。
绝顶开为路，天池举似觥。
居高浮世矮，笑看万山倾。

贺井陉县佳亮郗楠新婚之喜

古塞祥云霭，松楠祝百年。
岭岩披雪洁，箕斗曜才贤。
一挽同心结，双飞五彩天。
良辰兼美景，柳畔到梅边。

赠烟台诗词协会汪会长

扬帆破浪时，自有动人诗。
斗室风云会，寸心甘苦知。
烟台逢赤子，霜鬓对青丝。
遥想舞雩乐，弦歌信可期。

寄桂乡友人兼贺《桂乡诗联》创刊

看画青山挂，寻诗桂树悬。
飘飘飘入梦，袅袅袅如烟。
叶底香初抱，心头韵正燃。
羡君多好句，风趁一鞭先。

日坛小聚

日坛欣有约，酥雨沁园春。
国正雾霾净，天清草木新。
留香浓有梦，拾韵淡无尘。
归路随情远，依依暖在身。

《湖南诗词》百期志贺

名随芳草远，汗与碧波流。
花忆园丁梦，情牵锦绣秋。
于斯怀橘颂，此楚振神州。
拔地韶峰起，敢担天下忧。

情流

情流河海深，雁杳绝尘音。
世病心难死，舟沉橹尚存。
清风携两亩，本色守一贫。
黄叶辞霜木，青灯独照君。

我在

我在碧云端，星空淡淡参。
拟排熙载宴，先奏曼陀篇。
冷月烟波上，长风河汉间。
炎凉任尘抱，圆缺自深禅。

飞旗山人千里寄新茶，赋此为谢

清澄真似碧，鲜嫩最关情。
香自舌尖聚，春从心底萌。
提壶涌甘洌，著椀泛晶莹。
一饮红尘远，陶然坐月明。

《白银日报》30周年志贺

陇原花木荣，三十岁深情。
日月齐肩负，风云携手行。
锦笺青鸟使，绿梦白银城。
大道岂能默，铿锵金石鸣。

咏胡杨

风号自清肃，春气御寒归。

匝地苍根蛰，横天绿梦飞。

葳蕤情独守，凛冽志难违。

傲骨千秋立，灵旗奋一挥。

为中国诗歌网题写贺春祝词

一笔添一横，一肩忧乐情。

一龙减一撇，一尾名利轻。

一担天下事，偶为风雨惊。

总是云程远，不与俗物争。

毓秀台留句，传汉献帝于此祭天

小小荒丘寂，沉沉遗痛深。

江山无退路，天地有悲吟。

泪此千秋泪，心谁百姓心。

春风吹万缕，幽恨绕青襟。

送刘如姬自洪泽返闽

飘然闽海去，淡淡走风流。
青出蓝于我，梅兼菊比俦。
锦心传锦字，清气漾清秋。
漱玉新篇续，云帆万里游。

贺辽宁诗词学会换届

破浪搴吟帜，扬帆起上流。
卿云识丁鹤，旭日暖沙鸥。
碧染一怀梦，金添满目秋。
江山送诗料，叉手共清讴。

遥祭半林兄

悲风起天末，泣露湿人心。
窥豹红羊泪，缚龙沧海音。
时乖空作叹，家痛不成吟。
忽念霍城远，秋深忆半林。

【注】

谷半林：诗人公木的外孙。上世纪 60 年代随家人前往新疆伊犁州霍城县，悲罹奇祸，永埋异乡，年仅 17 岁。

新泰莲花山

勇奋登云步，欣然新甫游。

名山界齐鲁，古邑立春秋。

问法莲华妙，携程星渚幽。

天台逢六逸，与我并风流。

【注】

天台，指天台峰。六逸，指竹溪六逸。

题吴为山先生塑《孔子像》

论语甘如澍，诗经贵比金。

为山成万仞，向日秉初心。

义格分高下，仁途自浅深。

素弦凭点拨，古调奏人琴。

隐《山行》诗致敬刘章老师并贺八十华诞

秋日寻诗去，上庄风色佳。

独行无向导，相念到天涯。

境远心泉净，山深石径斜。

斯人永毋老，一路问黄花。

迎春花

东风路过小王庄，悄放迎春第一香。
玉蕊挠开冰雪界，蓦然茧素换鹅黄。

【注】
小王庄，无极师范学校东邻小村。

步行赴无极县城

暖暖阳光蝴蝶舞，汤汤渠水奏流觞。
小花赠我春三里，慢慢清风淡淡香。

春雷

万里东风扫大河，冰苏雪醒起洪波。
喜听天外春雷动，来唱人间正气歌。

听唱《花纸伞》

酒在春光酒在秋，一行热泪为双流。
木刀沟畔小风月，《花纸伞》中曾聚头。

【注】
《花纸伞》，一首民歌，傅庚辰作曲。

兴华路咏梧桐

怜君亦似多情种，叶底秋风几度惊。
青鸟曾传无限爱，凤凰不听哕一声。

【注】
兴华路，在河北束鹿县城，两旁栽满梧桐树。

咏河北大学祖冲之石像

算去圆周率最奇，追精求确解人颐。
乘除偏有 π 难尽，莫测芳心总未知。

寒风

寒风横扫情如叶，冷月斜描梦似霜。
几处秋蝉争老树，一蓬野草唱荒凉。

邓丽君

天外飞来邓丽君，人间难得一回闻。
夜深那曲轻音乐，明月悠悠我的心。

当代英雄

御腊鹅毛缝大雪，占年鸡骨拜天神。
云头变幻虹七彩，脸上依稀毕巧林。

【注】
毕巧林，莱蒙托夫《当代英雄》主人公。

封龙寺小立

仙台悟道雨鸣琴，宝刹惊禅雾掩林。
思欲摩天攀斗柄，酌来银汉洗凡心。

那拉提草原寄怀

芳草连天信手拈，拈来野色为诗添。
添些土味到心底，蜂蝶依依绕笔尖。

与妻经营小书店

莫笑穷乡类未全，撑开澄碧一方天。
长街拐角小门脸，也有废都白鹿原。

哲字谣

折向寒山寂处行，宫墙万仞掩峥嵘。
偶时开口云天外，先绿春雷第一声。

【说明】

① 哲字由"折"和"口"组成，所以第一句和第三句特意用了"折"和"口"二字。

② 宫墙万仞是关于孔子的一个典故，语出《论语》。清乾隆帝御书"万仞宫墙"四字镶于曲阜仰圣门。

任职《中华诗词》杂志口占

蓦然心上起豪情，绝顶寻从险径行。
与大地留多少爱，于身后任短长评。

过青城古镇拜高氏祠堂

渤海风清陇上醇，素心一脉不沾尘。
庭前花木摇新叶，冷暖人间代代春。

咏泉

铃敲铎振大山中，讯报花醒冰雪融。
斯景斯时美如梦，清泉十里快哉风。

怀恩永沐春晖暖，遗爱长随秋水清。
污垢尘寰须涤荡，人心愿得净如婴。

寄志在云岩海滨，存心乎野鹤游麟。
千山风雨开胸次，万里烟波守一纯。

青山转过到人前，呼趁清流送纸船。
一路乡愁寄沧海，载些风浪羡林泉。

读《摇落的风情》寄双舸榭主人

真读书人领异才，高奇清古写深哀。
风流疎凿谁能手，双舸凌波破浪来。

寄边国政老师

北戴河头乘夜行，长波滚滚月明明。
爱听沧海携潮涌，绝似先生朗笑声。

巽寮湾海王子酒店721房间听涛口占

一窗云动一帘风，荡漾轻波接远空。
大海在旁摇我睡，睡时大海入怀中。

怀袁崇焕

古道西风走素车，奈何身正影偏斜。
残阳乱洒黄金缕，花自飘零柳自遮。

朱门深处谤言兴，皇玺重时臣命轻。
万剐千刀余铁骨，此心空似玉壶冰。

山磔秋光成落叶，海挥苦泪奠残诗。
金銮殿外描风雨，看尽沧桑大地悲。

那些故事迷离久，乱象纷呈瓦子堆。
胡马南来谁与敌，红墙深处冷如灰。

八月悲风绕树鸣，崇祯一旨毁长城。
青青河畔伤心草，露撒真珠我撒情。

手提三尺救苍生，紫塞黄沙起壮兵。
社稷倾来支巨手，泰山倒处恨难平。

胸中热血付汪洋，掌上丹心处处伤。
天下英雄悲共剧，风波亭外雾迷茫。

凛凛风威气焰高，大权在手圣皇骄。
嘉松劲竹历霜雪，犬吠鸡鸣上九霄。

大写英名入泪眸，神州岁岁忆风流。
旗飘袁字摇青史，竖向人心最上头。

燕子楼怀古

秋风秋雨洒凄凉，燕子楼高寒夜长。
空惹相思添寂寞，古来情毒断人肠。

春潮

日如把攥月如环，手抖乾坤似野蛮。
紫燕拍天听袅袅，素鹅抱水抚潺潺。

一川绿雨染成画，遍地红花开满山。
冻土沉沉终有醒，春潮滚滚梦中还。

闻南方雪灾缓解

春风应是到江南，战罢银龙却苦缠。
败甲残鳞飘作怨，天压大任降新年。

并肩黄胄共艰难，浩荡神州总动员。
数百万人羁梦暖，几千里路有情牵。

军民奋战斗奇寒，脚踏冰岩手举天。
电掣高杆攀险径，心随云路跃苍山。

寒流滚滚云间涌，热焰熊熊脉内燃。
横扫霾封蓝野阔，早开冰锁紫帆悬。

月如把攥日如环，抱定乾坤抖几番。
春水拍流山笑靥，好消息在四方传。

三千白发还秋浦，一笑红梅上笔端。
大雪无情人有爱，春风终是到江南。

听春雷

萧瑟诗心忽已碧，飘零霜鬓霍然乌。
沸腾热血终难冷，天地清音总不俗。

豪宅三题和李树喜老师

阿堵堆成富贵身，流辉金碧锁阴森。
清风关向朱门外，绕宅梅花伴俗人。

雅舍精园不染尘，稻粱菽麦莫相询。
珠帘翠幕酣公仆，早忘苍生是主人。

老杜今来又若何？难题千古费消磨。
茅庐总有秋风破，绮户偏能月占多。

为雷霆老师送行

雷霆大吕震神州，天地情长响未休。
老去年轮惯风雨，沉钟轻扣自悠悠。

谢江岚兄送海参

沧波百转世人惊，中有精灵逆浪行。
心胆肝肠俱莹澈，谓余来送海深情。

母亲

思儿还怕教儿知，通话偏言不想儿。
千里风霜惹牵挂，手机放下泪才垂。

电视粉丝真入行，报时天气最牵肠。
京城冷暖胸中系，儿在朝阳那一方。

观天谣

稀疏散淡野人户，三两结庐天上住。
忽飞一个小流星，我猜是扫云间路。

问谁信手摘星子，云幕枰开黑白棋。
蓦地一招新月劫，天河试看皱蛾眉。

汤阴岳庙

将军遥望气轩昂，祭个泥人立故乡。
其实临安金殿上，依然秦相更风光。

萧瑟汤阴风叶飘，心头有血欲燃烧。
皇爷毕竟非知己，忠字由谁是目标？

如今身价成潮涨，门票噌泠逐岁扬。
秦氏传人今大佬，正随庙客抢头香。

冬末咏史

从来天地公平秤，此去云烟灿烂星。
寂寞苍松迎素雪，飘零寒叶入青冥。

隐电吞雷听鬼话，推潮破浪起龙吟。
冰霜几度精魂在，洗尽丹朱见素心。

当年壮志亦凌云，写到当年每忆君。
陈迹几翻成古董，低吟浅唱有谁闻？

荣辱萦身何所谓，庙堂空聚谤声频。
无言无作归无可，无奈翻为无碍人。

青史已随陈叶老，皇恩偏令士心骄。
大人毕竟江山主，一笑随风上九霄。

有限冰霜无限梦，无情风雨有情人。
十多载已霜成鬓，遗恨花凋未见春。

暴涌沙尘白日昏，冰风凛冽雪盈门。
怆然举酒问苍昊，似见先生卜玉魂。

壶中热泪空成叹，掌上良心枉受伤。
天下英雄悲剧共，临风一爵叹苍茫。

沸腾热血终难冷，人为苍生总不孤。
春信虽迟春有信，每闻雷电梦魂苏。

鸡虫身外等尘埃，且看人寰大舞台。
些扁些圆有明月，愈磨愈奋是英才。

绿上沿河杨柳梢，春风暖入燕儿巢。
翩然万里归来者，犹有茅檐认故交。

观兵马俑坑

终于出土见天青，犹状谦卑侍帝廷。
国际歌朝泥俑唱，不知能懂几人听？

【注】

《国际歌》，鲍狄埃作词。歌词有"从来没有救世主，也不靠神仙皇帝。要创造世界，只靠我们自己……"

遗爱亭

眷眷名亭念念中，澄波脉脉送清风。
雪泥着意留鸿爪，千载灵犀一爱通。

西塞山小调

久慕苍苍西塞山，玄真白鹭小悠闲。
唐时细雨来天末，恍觉青回两鬓斑。

久慕悠悠铜绿山，当年圣火照尘寰。
欲投肝胆熔霜刃，斩尽人间佞与奸。

久慕巍巍大冶山，梦中常向那边攀。
天台蕴秀黄坪美，多少仙人忘往还。

游东坡赤壁

不见当年东去波，依然如画好山河。
一天风雨一帆梦，人到黄州豪气多。

寒食林

步步流连寒食林，坡仙遗韵此间寻。
摩来磊石涵温度，认得拳拳赤子心。

咏紫薇花次韵罗辉会长

好时节里好花开，壮士胸襟处士怀。
留得山人千古秀，襄阳处处把诗栽。

西坝河夜步偶得

挑灯银汉蹑高步，淡月纤腰轻束素。
忽有流星撞雾飞，踢开一条闪光路。

和王守仁先生《雪日约饮》

情作醇醪心作杯，那声响碰举如雷。
曾经凛冽难为暖，者是清凉雪一堆。

许昌行

入眼烟波翠带长，乍惊一片水云乡。
昔年旱魃无消息，高铁悠然报许昌。

景山槐下四问

圣君果是江山主？万岁当真万岁乎？
青史已随陈叶烂？皇权难把老根诛？

春秋楼戏提关公大刀有赋

携诗携梦沐高风，异代衣冠忠义同。
试手难提刀偃月，捧心应是共君红。

芙蓉湖即景

天似穹庐楼似峰，碧波吹皱万千重。
云影团团红日软，娉婷一朵玉芙蓉。

曹丞相府游京剧脸谱林

斗拱飞檐隐紫微，风云过眼立斜晖。
任凭勾脸涂颜色，岂信伶人判是非。

随布依族乡亲"打粑粑"

敲来咔咔最堪听，石碓木槌涵性灵。
允直允弯云水澹，有滋有味一山青。

悼念一棵枫树

惊闻诗人牛汉老师2013年9月29日晨7:30辞世，用牛汉老师《悼念一棵枫树》为题，作歌送行。

血碧心丹满树红，虬根铁干笑飞蓬。
訇然倒地听回响，顶过秋寒万里风。

瞻八一南昌起义纪念塔

风展红旗热血流,烽烟散处绿春畴。
排云一柱昂然立,好个撑天硬骨头。

滕王阁远眺

妙句脱缰成走马,豪歌破浪即飞花。
波随秋水浮奇韵,心到长天散绮霞。

静思园偶得

疑是江南处士家,蓬莱境里漫相夸。
庆云峰惹情丝袅,一笑回眸一树花。

读柳亚子《孤愤》,感"忍抬醒眼看群尸"句

昂然浩气吟奇韵,一啸沧波天地新。
长夜心灯千古灿,独孤热血藐红尘。

谒黄花岗七十二烈士墓

一点残阳似泪眸，依依碧草绕黄丘。
风雷姓字摇旌纛，竖在人心最上头。

汤山迎旭

遍地山花初醒时，露珠闪烁路边枝。
云霞万朵托朝日，一粒丹心滚烫诗。

汤山温泉

血泪胸中自吐吞，山偷呼吸火偷奔。
清流毕竟衔情久，此处苍岩有体温。

广元游二圣殿

仰皇泽者必平庸，风雨弥天挺碧松。
二圣殿前哼一笑，大周焉是大唐封。

透亮

透亮透明如此我，高才倚马奈情何。
关雎梦里鹊桥少，涕泪花间薤露多。

玉堂富贵四咏

咏玉兰

白雪抟来香未寒，春风捧出水晶盘。
素衣漫舞姮娥下，清影疏枝开玉兰。

咏海棠

当年烛影照良辰，遗韵坡仙酿酒醇。
红紫芳菲醉情种，岂输桃李半分春。

咏牡丹

迟开心事倩谁邮，却占风流最上头。
千瓣柔情总难揾，嫣然一笑众芳羞。

咏桂花

昨夜寻诗树下过，团团香雾染秋波。
依稀认得蟾宫种，只为寒枝明月多。

明月峡偶得

蜀道艰难脚下通，乱花香透薜萝丛。
荒岩野栈沧桑远，百转心头起大风。

曲阜孔庙有感

宫墙万仞入云端，浮议滔滔千百澜。
古井春秋收逝水，杏坛有泪向天弹。

懒向高堂圣迹观，千秋柏桧寄心丹。
惜哉夫子人间话，捧上神坛昏似鼾。

平安夜

传恩送暖涌潮来，心向长青树上开。
毕竟人间花信近，先从风雪想春雷。

丰都杂感

丰都惊叹鬼排场，几度抬头望太阳。
尘世蜗居愁市价，却留豪宅供阎王。

随

随扁随圆看月来，且晴且雨不须猜。
寒窗梦稳悠悠枕，古径花繁慢慢开。

朴箴（节译布洛克）

一方世界一尘砂，一座天堂一野花。
一掌大千轻一握，一时悲喜一生赊。

那丘

那丘黄土果曾临？不过情深一片心。
倘或月明重阅世，豪歌应奏最高音。

听

高情香透荼䕫晚，惠风吹得愁眉展。
寒操真比雪莲清，一曲清音听款款。

鲁艺旧址有感

起伏歌声延水滨，当年热血沸腾人。
迅翁风骨凭谁继？一脉菁华数至今。

借鹏老韵敬祝晓川师八秩寿

摇梦摇情碧水流，天光云影竞相投。
款款花溪公瑾步，春风一缕袖中收。

小议论 (三首)

(一)

清白格调洁如玉，嘹亮心声响似金。
堂上所多皆竖子，座中唯少是诗人。

(二)

遣兴偶然格律懒，放言不惧大人嗔。
花逢旺季诗犹旺，酒到深时梦即深。

(三)

翻江倒海搜佳句，逐浪随波至末流。
诗兴寻常行处有，心扉敞处和声稠。

题赵钲老师画《有龙则灵》

龙字标来倍价加，爱将龙姓记身家。
龙骧不见龙行雨，可笑攀龙仍是虾。

思来

常将往事思来路，难把新风替旧俗。
时有阴霾遮丽日，每从暗夜挺红烛。

贺刘章作品研讨会召开

野调有缘皆入韵，乡音无处不留香。
胸中爱字红如火，掌上心灯照四方。

静夜叹

虐心古调人难赏，敲骨清音世少闻。
忍见鲲鹏缚双翼，独将赤手搏风云。

车过迁西，咏路边板栗

锁在深山大有名，葳蕤一路证繁荣。
憨憨毛刺如童话，点点醇香最有情。

送别公木先生

此去泉台无限远，阳关难唱第三声。
心头一盏光明焰，高举为公照路程。

径蹊桃李正芬芳，忽梦先生返故乡。
世上真诗无尺度，人间至味在寻常。

苍松不惧经寒雪，赤子长歌向太阳。
回首悠悠百年渡，春风犹似绕身傍。

风霜岁月百年老，锦绣河山万木荣。
大写人生诗一首，行间字里放光明。

题赵钲老师画《秋实》

黄金梨子玉葡萄，寒叶惊风步步高。
自有甘香慰辛苦，者番不用赋离骚。

谒唐山抗震纪念墙

连根连脉总凝眸，泪欲流时却未流。
廿四万人呼奋起，蓦然慷慨在心头。

贺王玉明院士诗歌摄影研讨会

飘然天地走风流，走在群峰最上头。
四海惊潮从老手，五洲壮美入吟眸。

唐山南湖偶得

曾经噩梦忆沧桑，濯我诗心淡我狂。
多少红尘纷扰事，都从风浪转清凉。

酣然一梦碧琉璃，脉脉秋波淡淡漪。
为恋鱼儿小淘气，丹青影里醉清飔。

刘迅甫先生荣获中原十大孝子称号。来电索诗，写此以贺

诚孝端为立世根，春晖寸草沐深恩。
羔羊跪乳情无尽，反哺寒鸦啼有痕。

一寸

一寸相思一寸金，一番雨露一番新。
一鞭美梦骑明月，一夜东风趁好春。

车过卢沟

阴霾散去漫天晴，柳岸莺啼软糯声。
日暖风轻狮睡久，一钵热泪向谁倾？

谒医圣祠

祠前百草正飘香，济世心同日月光。
泉下犹怜民瘼苦，料凭妙手斗阎王。

天坛回音壁

巧匠当年筑此墙，堂堂金碧饰辉煌。
可怜黔首呼声远，何日回音到帝乡？

从今

从今乱裹三餐腹，而后闲开一笑心。
路上石壕多墨吏，陇头梁父少高吟。

香山红叶

与霜拥抱与风缠，红似寒枝入眼燃。
惜少心头一丝热，空留颜色炫人前。

登喜峰口长城

峰前喜字换余哀，碧水犹听唱壮哉。
一曲《大刀》千古震，心花催并泪花开。

【注】
《大刀》指《大刀进行曲》。

心花

心花开比春花早，血润情滋分外娇。
一片相思千万朵，先从梦底涌情潮。

胡琴博物馆听徐崇先先生奏《江河水》

漫颤情丝动客心，烟云舒卷入胡琴。
听君弦上《江河水》，每寸光阴每寸金。

云龙湖

碧湖如镜映群峰，银汉苍茫落九重。
今夕月明君拭目，一天星雨立云龙。

金牛山古猿人遗址怀古

先民遗迹世间稀，燧火熊熊逐梦飞。
邪许声中浑沌醒，几行青史悄然归。

步时新吟长《夜访古镇》原韵

脉脉清波袅袅风，星河直向水乡通。
一逢美景诗心乱，飞作流萤逐短蓬。

得时新吟长赠《柳溪集》，赋诗以谢，敬步第一首《乡思》原玉

潮涨清溪雅韵频，花鲜草美羡芳晨。
笛中碧柳传新叶，醉我风波路上人。

万里风尘

万里风尘色未更，几番霾雾放光明。
江山处处抛红豆，荡漾人间处处情。

普陀山普济寺见樟鼠

佛脚偶然惊热侣，枝头恰巧遇游仙。
纯情不谙红尘险，蹦跳童心到眼前。

性僻

生来性僻少知心，白眼时翻看世人。
展叶偏逢风雨骤，著花每被雪霜侵。

送别柯岩老师

晶莹初雪写苍凉，忍看诗魂赴远方。
世界回来寻找苦，故携明月照他乡。

凭望远镜遥望金门岛

圈来光影梦留痕，澎湃波涛系客魂。
恨手难随眸子远，空调焦距到金门。

咏雪步王玉明老师《冬夜》韵

霏霏玉雪满阶铺，心自清高影自孤。
六出晶莹终化泪，一身洁素不如无。

古田会议会址口占

永放光芒说古田，一花秀竞万花先。
曾耘星火播长夜，种出神州锦绣天。

送立东入藏用齐佳韵

直上云程西复西，昂扬生气与天齐。
囊中应蓄风雷句，且向珠峰雪顶题。

耿耿雄心岂井蛙，诗能野处味尤佳。
高原自有真风景，一笑飘然天一涯。

河连湾陕甘宁省府旧址有感

往事窗前仔细猜，寻常院里动吟怀。
小松小柏随心绿，未见论资按辈排。

环江写意

塬梁气韵压江南，峁谷风流自不凡。
一脉情深环热土，千年汗简写庄严。

灵武台远眺

古台高与白云齐，宝塔牵将红日低。
牛女何劳鹊桥渡，明朝此处蹑天梯。

山城堡战役遗址

秋风万里扫蓬蒿，鸿鹄冲天意气豪。
昨夜分明看青史，山城堡上月轮高。

东老爷山

一唱雄鸡三省惊，划开夜幕报黎明。
当年足印燃星火，今日红花指路程。

环县怀孙万福

说来忽有泪双行，萧瑟风中立夕阳。
万丈楼成平地起，谁和百姓隔高墙？

诗人偏爱西湖水

柳岸断桥花吐蕊，诗人偏爱西湖水，
孤山曾伴鹤梅游，岂是寻常俗样美。

映日芙蕖浴紫衣，清风吹漾碧琉璃。
诗人偏爱西湖水，素影澄辉红小鱼。

岳祠于墓自瑰伟，翻覆沧桑多吊诡。
印月潭头思往事，诗人偏爱西湖水。

诗人偏爱西湖水，画舸烟堤许我狂。
撩动清凉三万顷，看如平淡味偏长。

鸿鹄

青史已随陈叶老，皇恩难令士心俗。
从来草莽风云聚，苍茫大野起鸿鹄。

重逢

依然有泪动于心，如此无言贵比金。
不少人情唯坐久，许多风景但山深。

敬步刘征老师酬青年诗人元韵（二首）

（一）

鲜绿娇红搴一旌，新洲高坐赏新莺。
情深共挽阳光手，敢把冰霜掸作零。

（二）

代代分流在在新，旭阳挝鼓月鸣琴。
大河一脉兼天涌，百叠潮头立美神。

拾韵张家界

张家界遐思

奇山秀水自多情，未必张家擅此荣。
一界青岩分俗念，白云深处淡浮名。

索溪湖散歌

仙山圣水白沙鸥，欲唤陶朱共探幽。
今日五湖污染甚，澄波恰此驻扁舟。

溪布街即兴

彩灯含笑散清辉，小坐溪亭带醉归。
最是歌甜阿小妹，苗风土韵逐人飞。

白银饰梦梦流辉，蜡染心情似蝶飞。
信口街头来一首，诗囊带得彩云归。

金鞭溪印象

打著跟头翻出家，细流淘似野丫丫。
金鞭抽得风儿跳，几朵顽皮小浪花。

宝峰湖题照

倒影群峰翡翠融，一湖好酒醉春风。
夕阳饮罢开颜笑，美在霞飞那抹红。

乾坤柱随想

拔来此柱向天搥，湛湛穹苍起迅雷。
大步流星中国路，助威鼓点正相催。

御笔峰远眺

高低远近莽苍苍，揽雾吞云气势昂。
御笔挥来群岭跪，宁无一个挺胸膛？

黄石寨情人峰

青山绿水小情人，锦绣心头不染尘。
臭美花儿臭贫鸟，者番日子最芳醇。

黄龙洞杂感

洞中岁月漫相摩，石笋林间寂寞多。
响水空流河万载，有人来听始为歌。

张家界瞻八路军120师师长贺龙铜像

元戎高格重于金，跃马当年赤子心。
号令群山拉队伍，至今万壑响回音。

菜刀两把忆从前，远去光阴杳似烟。
风雨尘寰英气在，丹心碧血对苍天。

宝岛杂咏

淡水河一瞥

牵缕柔情下碧穹，此心恰与此河同。
流霞不许诗潮淡，一笔添来万里红。

圆山小立

夜风逐梦绕山流，玉带环成翡翠球。
多少圆山不眠月，清辉偏为不圆愁。

【注】
海协会、海基会曾在圆山饭店会谈。

台湾故宫观翡翠白菜

寒灯隐约透玻璃，本色欣将清白随。
可叹孤根离故土，团团翠叶皱如眉。

苗栗吃农家割稻饭有感

瓷碗盛来举座欢，笋干豆腐味千般。

忽从苗栗思辛集，两岸乡情一手端。

【注】

辛集，笔者家乡，在冀中滹沱河畔。

蒋介石纪念办公室

座上分明蜡像身，当年咳唾凛如神。

一些故事堆沙发，堂外潮流又日新。

101楼远望

步履维艰力所能，风光说在最高层。

欲穷千里目难及，回首悠悠天海澄。

飘渺流云足下腾，电梯载客作高升。

欲穷千里目难及，回首风光在底层。

机上俯瞰

银鹰展翼越千山，台北燕京半日还。
浅浅一湾蓝色海，绵绵如带绕心间。

华陶园咏粉苞郁金花

高举深山浪漫旗，粉情绿梦正浓时。
玲珑心事知多少，日暖泥香蝶翼垂。

火炎山遥望台湾海峡

主人呼客指前山，海峡遥看云水间。
欲借垂天大鹏翅，乘风飞越百重关。

初识七里香花

周董歌飘四海香，席家一纸韵千行。
芳名七里传天下，素朵悠悠出此墙。

【注】
周杰伦有歌名《七里香》，席慕容亦有诗集《七里香》。

观蒋经国先生暂厝地卫兵换岗仪式

不凭枪刺定风波，闪闪钢盔走帅哥。
应是民心褒贬在，恍然青史眼前过。

火炎山中惊见人面蜘蛛

罗网经营心力残，织来殊易出还难。
乱丝专待能飞翼，若个虫儿不胆寒。

桃园机场机场未见桃花，因以吟别

椰青竹翠伤心碧，香透玄都只梦中。
惯见人间离别苦，桃花不忍笑东风。

谒无名烈士墓

从来四海五湖里，本自千红万紫间。
可惜问君无姓字，独邀春雨吊空山。

和叶嘉莹老师《恭王府海棠雅集绝句（其一）》

美在海棠花醒时，茜红胭粉绝尘姿。
怜春心事飞如蝶，一颤苍枝有所思。

睡莲喻

众生皆具莲花相，惯见风波默似鱼。
绰约但知成胜景，氤氲不觉堕华胥。

长城四韵

为嫌斗室胸襟窄，特上雄关唱壮哉。
驰骋疾如雷掣电，长城万里脱缰来。

碧水千波归大海，长风万里绕长城。
神州慷慨诗人共，入耳惊涛鼓角声。

山借春光开笑靥，海将苦泪点新诗。
长城巨笔描风雨，写尽沧桑大地悲。

山海面临新世纪，长城手转旧光阴。
秦关汉月拉拉队，跃起苍龙举世钦。

【注】
老龙头，长城东部起点。

偶成

灌来玉液杯无底，挥去风尘泪有痕。
唇上风流名士夜，心头荡漾美人恩。

题哈尔滨圣索菲亚大教堂

东土葳蕤西土枝，古钟新振正逢时。
阳光岂必分中外，一朵心花一缪斯。

雪中过无名峪口遐思

戴雪丘山似虎蹲，虎蹲峪口镇乾坤。
我牵白虎冲云去，一啸骑来天下春。

朱公堤

双西湖畔仰高风，一片丹忱百代功。
烟雨堤头碧桐在，朱公笑立画图中。

寄托

石榴窗外画玻璃，蘸月挥云光影移。
为盼轻装入君梦，恨无妙手减相思。

小满特写

搜遍山巅与水涯，风光晚照牡丹花。
残红落尽香余我，烂出心头一片霞。

惊蛰叙事

带点温存带点蛮，有些个性有些颜。
万红千紫醒来早，赶着春风转大山。

斜绕蓝蓝水一湾，缠枝争看斗斑斓。
新红新绿新眉目，为抱春风为看山。

清明小记

梳云拨雨渡春明，冷气消融暖气清。
挥手惊雷发长啸，怒喷新绿万山惊。

拍天拍地到清明，拍得人间山水清。
拍手春风塬上立，拍山一笑万花惊。

芒种琐忆

麦熟唏嘘忆旧年，而今机割走农田。
剩来一把银镰月，系缕乡愁挂在天。

秋分杂感

石涧岩巅叠翠波，涛头浪底静中过。
流光难得匀秋色，人事依然长短多。

寒露行思

秋水苍茫秋色宽，黄花耽美草虫欢。
暖流猜自银河泻，不忍露从今夜寒。

任是情弦切切弹，炎凉世态却难瞒。
偶然触手惊秋叶，始觉露从今夜寒。

小雪留言

红叶接风金菊迎，姗姗小雪尚迟行。
晴空大雁领云阵，待看乾坤一色清。

冬至素描

锵锵冬至雪霜催，飒飒寒风烈掌推。
且喜冰岩香澈骨，擎天高挺一枝梅。

大寒抒怀

大风大雪梦犹温，寒意难封郁屈根。
心上火花留一朵，写篇童话暖乾坤。

火种歌——题台城"平民夜校"

如山寒夜压穷乡，更有风高雷雨狂。
却看小星红一闪，撩开铁幕漏天光。

敢敲燧石播星火，还渡春风种上天。
一抱彩霞应在手，担来红日恰齐肩。

靖远虎豹口怀西路军

秋风落日古滩头，举目长河热血流。
遥想旗挥星火闪，偏从骇浪送飞舟。

黄河石林感赋

四面嵯峨起迅雷，胸中奇石怪峰堆。
得诗俱有嶒嵘气，饮马峡头衔醉回。

游水川湿地公园遥寄克复会长

遍地诗情铺碧茵，风荷清透水川滨。
遥知沪上八叉手，同气同声有一人。

白银露天矿坑旧址感怀

盛满豪情百丈坑，惯听掀地撼山声。
黑柴红柳淡然绿，不为阴晴世相惊。

黄河壶口有怀

襟怀谁似在山澄，起看惊涛九万层。
多少清流翻浊浪，滔滔入海作奔腾。

会宁会师园听奏《国际歌》

松寄高操花寄梦，会师塔下悲歌动。
一声团结到明天，多少豪情心上送。

题农民诗社

笔落云天雷忽动，手牵百亩绿风来。
团团笑脸清于菊，朵朵诗心美似梅。

题段兄拂尘园

归来依旧素心人，打马牵回万里春。
只许清风入门户，飘然拂去世间尘。

步云楼漫吟

独占浏河第一弯，翚檐高驭马鞍山。
横眉始觉风云侧，纵步疑巡日月间。

和刘公道平《秦陵怀古》

万古沧桑万仞山，铿然一剑裂云天。
春风不忍分南北，犹染葱茏到陇原。

晨吟

金鸡唱到枕儿边，冉冉卿云看日圆.
若个黄粱如意梦,醒来不是在今天？

赴长沙车上唱和晓雨老师

随车风景赏芳华，老友新知共海涯。
报站忽惊湘水近，心弦一颤忆怀沙。

题大洋湾规划馆

楼中知有大洋湾，丘壑填胸天地宽。
作事常思千载下，合将山水筑奇观。

题八大碗博物馆

侧身尘世食为天，月白风清俱有缘。
大碗沧桑尝百味，静思至美在陶然。

攸县见洣水西流有感

滚滚奔流只向西，清高格调岂随低。
懒同众水争沧海，独抱家山梦一畦。

三门峡书所见

三门盛誉满天涯，一见黄河逸兴发。
转驯豪情抒温婉，浊龙今已化娇娃。

父亲节感怀应初阳先生约稿

起伏心头感不胜，暖如老酒凛如冰。
纷纭岁月飞星矢，最亮人间这盏灯。

百年中国的感情气候

那缕阳光照眼明，春风还拂柳烟轻。
某些情节来心底，偶尔回眸猛一惊。

偷天火种人间遍，覆地风流陛下孤。
辛亥惊雷声在耳，休将黔首看家奴。

酒后打油偷律懒，饭余扪虱作高吟。
所多竖子升红庙，不少横人下绿林。

红眼纷纷白眼横，苍生疾苦总关情。
胸中热焰常无忌，腕底惊涛幸未平。

临朐老龙湾铸剑池

阅遍风云一镜平，当年铸剑老龙惊。
波澄难觅俗虾蟹，池小敢担天下名。

塔尔寺墙角小花

大金瓦殿接穹苍，檐顶卿云泛暮光。
偶见小花墙角笑，红尘一抱是真香。

答诮

块垒浇时大碗斟，兴来一骋自由心。
敢将澎湃翻堤坝，浩荡风潮势不禁。

夏日小咏

红莲百亩酒千杯，玉瓣清裁香漫堆。
老叶铺云日高睡，醒时正有好风催。

青林紫陌绣苍苔，古岸遥岑剪漫裁。
为喜碧梧停宝马，好风留送月明来。

咏春雪和唱晓川师

雪花片片似诗飘，曼舞春风韵更娇。
笑向寒梅借朱墨，欲抒清气透云霄。

甲午杂诗（五首）

（一）

九州沉醉百樽空，万里情殇一海中。
欲扫阴霾澄玉宇，刘公岛上起悲风。

（二）

飘摇甲午旧山河，香有鼾声甜有歌。
万两黄金缠膝软，彼时风雨此间多。

（三）

黑风浊浪立精神，谁忆当年邓大人？
但用能言合肥李，为君谈笑祝生辰。

【注】
邓大人，指邓世昌。合肥李，指李鸿章，世称李合肥。

（四）

百年忧患眼前生，一鉴中悬看月明。
血性男儿满腔爱，恨难手转海天清。

（五）

乾坤浩浩我堂堂，岂许人间狐鼠狂。
举手送飞中国梦，扬眉冷看太平洋。

遥想1911

惊雷耳畔喑何久，百度冰霜百度春。
不少牛人开口傲，眼前浮世旧翻新。

赠汪伦

千古高名访客新，光阴倒溯赠汪伦。
青莲之友为吾友，热血男儿一脉亲。

床前明月照犹临，岸上清风古尚寻。
万里烟云收望眼，八方雷电聚痴心。

绝响悠悠空谷音，料来傲骨重于金。
桃花潭水深千尺，不比红尘世故深。

乘兴高昌将欲斟，忽闻天外谪仙吟。
一诗唱罢千诗默，万古风骚力不禁。

段维兄换岗致贺

大翼乘风万里秋，楚天浩荡豁吟眸。
香浮桂子山头月，老友飘然又一楼。

哀鲁迅

血荐轩辕撞帝阍，黄钟废后久萦魂。
顺生论正时人捧，争道蛰存兼默存。

读鲁迅杂文

为嫌斗室窄胸怀，偶向先生一叹哉。
呐喊声声雷掣电，忽如万马脱缰来。

呈边国政老师

胸口推开两扇门，语惊沧海压昆仑。
文场诗苑多闲事，一笑哼哼酒一喷。

硬骨铮铮汉子真，丹心手捧敢山询。
燃来热焰应无忌，照向青天日一轮。

【注】
山询，指边境国政成名作《对一座大山的询问》。

何须酒

缪斯约我散春愁，万斛珍珠梦底流。
丽日熏风花一剪，青山绿水画一轴。

面具

面具难摘呈素我，心难赤裸爱难拼。
胸中古调无人会，梦里金声众不闻。

赠马高明

檀溪风雨连天起，一跃沧波信可期。
暂教春雷心底歇，于无声处待新诗。

【注】
我的同事、著名诗人马高明因喉部手术，暂时失声。

玉渊潭赏樱口占

春似顽皮小破孩，描红涂绿逐人来。
东风搔得樱花痒，挤向枝头扰攘开.

芒砀绝句

大风歌里走龙车,芒砀峰头夕照斜。
山气已随秋气肃,威加海内似王家。

马嵬坡思杨妃事

美人腮畔千行泪,明主心头一羽轻。
殿上百般恩爱了,只关风月不关情。

壬辰中秋宿孙栅子村

山去秋寒入骨清,香来花野不知名。
举头圆月澄光泻,洗我身心俱透明。

读郑欣淼会长《丑牛集》

一海深情一彩虹,一帆春水一诗翁。
鑫鑫会上心心会,袅袅梁音暖暖风。

访陕随记

荆雷先生为我在黄河壶口瀑布留照

豪雨狂涛扑面来，一壶凛冽醉眸开。
黄河在侧豪情起，手挽风云我壮哉。

黄陵怀古

桥岭巍巍沮水悠，卿云瑞气护神丘。
灵前不欲寻常拜，只把丹心赤胆留。

登大雁塔

放眼长安锦绣城，缤纷朱紫各营营。
白云一朵无牵挂，雁塔何劳留姓名。

宝塔山咏怀

遥看宝塔立青史，曲折延河唱正声，
碧落高超浮世渺，昂然一笑万山倾。

【注】
塔悬"俯视红尘""高超碧落"匾额.

呈刘章老师

好诗随手不须寻，指路黄花遍地金。
绿水青山留热恋，一移一步跃童心。

武汉翠柳客舍小住观荷

身披明月枕清塘，大胖荷花睡正香。
不许蜻蜓偷入梦，层层叶底小风藏。

"向前向前向前……"

休唱人间行路难，阳光心自比天宽。
一腔热血能融雪，万里征程不下鞍。

盐城丹顶鹤湿地保护区见一鹤单足久立 (六首)

(一)

怕惊素影步轻抬，未泯天真老小孩。
丹顶霜襟九皋客，不曾邀我我曾来。

（二）

独持清白绝浮埃，一点新梅破雪开。
对面惺惺生古意，相看不是俗人来。

（三）

动时高蹈静时呆，化世从凡两费猜。
小扣栏杆偶回顾，四围寂寞去还来。

（四）

沙明水阔衬仙胎，遍地春光绕脚开。
如此仙姿立人境，昂然不惧市声来。

（五）

锦程心事向天排，雁字横空起众才。
未必风标惟独立，明朝骑朵彩云来。

（六）

长留此鹤立灵台，岂是清音动九垓。
别后蓟门贪睡早，好驮盐渎梦中来。

扶贫杂感

连夜甘霖送好音，劝君莫叹落花深。
果园请验含情树，不负春风一片心。

鲤鱼寨饮苗家拦路酒

透明透亮一番心，牛角杯中切切斟。
从此难忘拦路酒 ，金州情义重于金。

贺诗刊子曰诗社成立

沧桑侧耳入瑶琴，袖手乾坤变古今。
一笑故人风雨在，千秋子曰有知音。

焦桐四韵——追思焦裕禄

排沙斗碱忆焦桐，大爱绵绵耀碧穹。
每有豪情栽热土，于无春处送东风。

浮朱浪紫杳如烟，清白焦桐正色传。
谁解爨余高格调，最难拨动是心弦。

挥来敢使雾霾消，叱咤云头大纛飘。
万树焦桐摇翠帚，满腔正气卷狂飙。

一声书记九回肠，千顷情深泪万行。
笔蘸芬芳写明月，焦桐无语胜甘棠。

【注】
爨余，指"焦尾琴"。

咏人防工程

地下长城自不凡，连天风雨隔苍岩。
军民共蘸英雄笔，大写平安梦一函。

黄茅冈怀东坡居士

癸巳秋访徐州黄茅冈，忆东坡诗"醉中走上黄茅冈，满冈乱石如群羊"，感赋三截句。

坡仙已远憾难交，千载光阴逝水抛。
雨皱风皴石痕裂，偏知骨耿杖藜敲。

夕阳如卵石如巢，星子拈来入酒肴。
一枕秋风凉彻骨，满冈萧瑟挺黄茅。

行来足下凸还凹，已惯人情瑟柱胶。
醉后石床曾入梦，心随小鸟上林梢。

答某

不上神坛宝座求，须从平地起高楼。
翻江倒海搜佳句，逐浪随波至末流。

任职《中华诗词》口占

李杜苏辛各自珍，卿云朗月共嘉辰。
今来更振东风起，要领新洲一代新。

穿越

穿越杨林过小河，秋风撩动几层波。
心头明月他乡转，还是清辉故里多。

乔家大院灯笼

华灯高挂罩红纱，廊下蜿蜒寂寞花。
几朵随风摇曳火，圆睁泪眼吊乔家。

红灯闪曜光如手，长夜撩开为看花。
几朵开颜几憔悴，人间岂独吊乔家。

四十五岁生日自寿

2012年中华诗词杂志青春诗会在辽宁大石桥市开幕，恰逢
六一儿童节，也是我的生日，口占一绝抒怀，兼以自寿。

生朝岁岁忆良辰，总是儿童节里人。
我有深情吟不老，诗心永远在天真。

与林峰兄宿临高金沙滩宾馆1306室

窗外有树，我猜是椰树，林峰君猜是棕榈，询之易行老师，则槟榔也。因成一绝。

莫辨棕椰一笑呵，槟榔窗外碧婆娑。
飞霜时节心同绿，毕竟春风此处多。

过故人庄呈韩存锁会长

呼大碗斟新焙茶，遇佳肴吃懒看花。
三千山水风兼雨，但有温馨便是家。

江油留句——诵《静夜思》有感

九州山水到江油，千古乡愁滚滚流。
举首依然那轮月，伤心最是一低头。

为营口轿顶驴肉制竹枝词

色鲜味美赞厨庖，轿顶山头叹美肴。
但得三餐营口福，东来全聚可轻抛。

【注】
东来，指东来顺。全聚，指全聚德。

小舟歪

清泉一脉涤尘埃，信有人间仙境开。
自在莲花心上种，聚风藏水小舟歪。

果子沟即兴

药珍果醉万花迷，险壑奇岩浪漫溪。
银瀑遥看接云汉，月明应是上天梯。

桃园

满山红似胸中爱，朵朵桃花蘸梦开。
绕瓣金蜂歌乱串，沾衣惹得阵香来。

蜂来了

怜渠繁叶费疑猜，鼓翅追香蜂自来。
莫道天寒风尚凛，有花衔梦为情开。

为海棠雅集而作

海棠树下几逡巡。粉簇红团锦绣春。
诗润劳心香染梦，簪花休笑老天真。

百般红紫看缤纷，韵正拈来信手新。
脸似春鲜心似锦，花间若个不骚人。

辛集情思

麦秸垛

一梦天涯万里回，风吹苍发漫相催。
乡情暖似麦秸垛，老栅栏边堆几堆。

笨槐

故乡翻觉在他乡，不见当年老院墙。
只有笨槐知旧我，花开犹似鬓丝苍。

短笛

悠悠一曲乳泉来，润入心窝涤俗埃。
娃是田间青杏树，借些灵气把花开。

小伙伴

湖海飘零偷一闲，归来相看鬓毛斑。
纷纷往事翻如梦，榆树梢头月半弯。

荷塘小立

老荷撑起老时光，多少乡愁已泛黄。
枯叶横斜寒瓣仄，当年蝴蝶去何方？

小憩图

柳下悠悠作卧游，青纱漫漫罨平畴。
遥看草帽翩然动，猜是梦儿藏里头。

小妮儿

土歌俚曲口边流，胡乱鲜花插满头。
春水一池风乍动，小妮犹傻未知羞。

菜市街

或许曾经亦比邻？乡音至美在纯真。
几番招手欲相认，小立街头听最亲。

过白菜地

敢将清白对秋风，笑在情深热土中。
懒论身家胡贵贱，悠悠铺绿到苍穹。

临行口占

竹杖芒鞋又远程，皎然明月印平生。
江湖惯看风波骤，独惜心头一脉清。

中秋寄怀谨步杨逸明老师元韵

照来蓟北照江东，一例清辉今夜同。
遥望天心冰魄冷，乡愁堆满广寒宫。

溅起胸中万里思，圆蟾一点落心池。
争浮云影忽如梦，荡漾柔情涌作诗。

皎洁襟怀柔且刚，清风心底小奔忙。
浮沉世事托明月，那朵闲云枕在床。

题水晶作品《竞自由》

一路凌波争上游，风涛万里竞潮头。
劝君休起龙门羡，只在江湖是自由。

咏狗截句

最爱黄毛小犬乖，暖风知是送春来。
殷勤翘尾青枝下，守著桃花慢慢开。

尾摇非为乞谁怜，莫信诳言随口传。
相遇何妨相示好，但将姿态让人先。

戍年大旺每云云，旺业旺财如有神。
遥忆篱门风夜雪，那声旺旺更天真。

哮天不惧风雷阵，巡夜先惊狐鼠徒。
小踞苍岩嗷四野，神威岂必逊於菟。

题水晶作品《失去的家园——融冰上的北极熊》

惊来浮世抱冰融，愁去情怀兽我同。
休戚系于温度计，寒心痛在暖潮中。

【注】

地球变暖、冰川融化，北冰洋已缩小于暖潮，北极熊呼唤失
去的家园。

题内画水晶鼻烟壶《古今人物》

一壶更有一惊奇，一片冰心笔一支。
一代风流一壶纳，一凭黎庶判参差。

贺友人新婚

縠皱花溪幸福波，人生爱是主题歌。
双肩日月流光远，一路春风甜蜜多。

大庆市见采油机

弓身朴似种田人，探手采来天下春。
却是埋头默无语，偏教青史与时新。

雪朝有祝

旭日流丹天有恩，莽原飞玉梦无痕，
春风播送千千暖，请入寻常百姓门。

举首丹阳照小村，柴锅乱炖伴清樽。
诗寻驴背红梅笔，暖在雪朝黔首门。

雷

翻墨浓云滚满天，如磐风雨压尘寰。
横眉果是英雄胆，跃上重霄吼一番。

小桃

人面如花动寂寥，小桃红袖懒相招。
春风空报城南近，见说唐朝路尚遥。

无极师范教学楼感怀

遥望砖楼高过天，彩旗绕顶舞翩跹。
书听莺燕青春曲，笔走龙蛇锦绣篇。
大地今年新气象，中华一角小花园。
红烛事业凭谁续，请看吾人桃李繁。

作家班感怀

逝川容易逝青春，亦效邻家西子颦。
面具懒翻呈素我，心房勤扫弾红尘。
昔年借酒嘲新派，今夜拈诗对古人。
我有清明一帘雨，开山洗出杏花新。

欢喜帖

云边灵鹊联翩至，陌上紫荆花满蹊。
人借东风开笑靥，我将喜泪点新诗。
回归总是万民志，流徙应遗百代知。
沧海潮来无顾忌，昆仑豪气与天齐。

故国魂牵又梦萦，长风万里绕长城。
那堪回首歌呜咽，如许伤心泪纵横。
怒火终弭鸦片恨，惊涛尤振鼓鼙声。
每闻风雨沉吟久，我与香江慷慨同。

山海关放歌

寻诗至此翻新韵，转调思歌梁甫吟。
每到长城钦好汉，欣从热血育英魂。
惜无雅什赠山海，幸有豪情留汉泰。
如此江山堪热恋，魂牵梦绕总萦心。

银花火树歌千阕，海跃山呼力万钧。
大地面临新世纪，中华手转旧乾坤。
惊雷闪电石生火，沐雨经风土化金。
春信虽迟春有脚，人间曾报蛰龙吟。

蝉鸣次韵刘道平先生

昨夜霾浓今乍晴，咿哇乱耳野蝉鸣。
长音争讼云霄志，短调纷披月旦评。
天下雄鸡才一放，梢头浊物已千声。
高枝正有清霜近，曲直尤须着意听。

正山堂雅聚

有些人在梦中央，有约来时茶益香。
挥袖忽思沂水岸，留诗且寄正山堂。
炎蒸隔断三千里，襟抱容分一点光。
大暑人间宜小隐，红汤静看到清凉。

读郁随笔

情多偏惹美人累，缘浅曾攀杨柳枝。
酒醉狂鞭名马劫，霞消空映小诗奇。
偶随孤燕寻新梦，难寄相思到故知。
人迹板桥霜顿足，鸡声茅店月凝眉。

咏黄龙洞奉和文朝将军

穿岩破壁九回旋，秘境峥嵘叹大千。
乍醉诗心成醉鬼，便游画梦似游仙。
亿年缘重留行者，一脉情深唱自然。
探胜又添新记忆，寻幽步步结奇缘。

江南三大名楼感怀

登滕王阁

当年孤鹜入吟眸，秋水长天一色流。
脚踏光阴拾阶上，手扪肝胆伫楼头。
落霞横展乘风翼，新月斜弯钓海钩。
奇绝平生见难见，醉来挽著子安游。

登岳阳楼

洞庭烟水一眸秋，波撼岳阳千古楼。
扑面风来堪放胆，惊心浪起更昂头。
庙堂气象差相拟，朝夕晖阴聊共游。
忧乐但能民自主，何须先后宦名留？

登黄鹤楼

不复当年鹦鹉洲，大桥横跨大江流。
情牵一脉白云阁，风起八方黄鹤楼。
秋色直须今日好，春光未必古人稠。
江山代代开新境，看我题诗在后头。

欢迎处寒和尔雅降生

兄妹呱呱到眼前，欣然重任在双肩。
蔚蓝岁月真堪醉，清白诗书正可传。
我有一张甜蜜脸，家无万贯昧心钱。
汗珠泪点都干净，撒作星儿飞满天。

【注】

处寒、尔雅：笔者的一对双胞胎儿女。

东土城路送别西安秦毅

长留笑脸在心田，聚散人间皆有缘。
雁塔月圆今少补，蓟门米贵古多传。
他年若我为青帝，来日教花变酒钱。
千里春风送归棹，长留笑脸在心田。

清东陵神路见跪象石雕

跪象闻传谐贵相，纷纷合影众君忙。
无言白石愁难解，有梦红尘喜暂狂。
此贵须人由跪取？于斯待我且思量。
生来傲骨撑天地，立世男儿挺脊梁。

开滦矿山纪念馆见旧社会历年矿难死亡数字表

当年故事至今寒，热泪潸然带恨弹。
命化乌煤悲作火，情融碧血怒成湍。
小诗空叹归闲话，大款遥闻已素餐。
敢问紫衣朱绶者，何时井下送平安？

静安居口号

门外阴晴总日常，花逢时节自然香。
压肩风雨来茅屋，辣手文章入锦囊。
寒士惜狂离梦远，缪斯嫌累叹诗忙。
那苗燧火敲还醒，亮我心头一点光。

步凯公韵贺中华诗词学会四代会召开

春意昭苏岂忍迟，青回沃野挺新枝。
壮心卓尔雷霆奋，大道悠然日月驰。
无畏无私扬正气，有声有色写真诗。
云蒸沧海龙腾处，帆趁东风潮起时。

大棚风景

清芬扑面画屏迎，无限风光在大棚。
小傻青椒圆似梦，巨肥白菜美如情。
蝶缠春韭翩跹舞，虫绕冬瓜自在鸣。
且把新鲜匀四季，炎凉巧作一畦荣。

一枚红豆

欲报深情愧不能，相思偏是血相凝。
燃来心底朦胧火，照去天涯璀璨灯。
半世尘烟缘未淡，几番霜雪色犹澄。
黄沙漫漫携红豆，敢向风云万里征。

衡水湖鸟岛口占

湖为候鸟南北迁徙之密集交汇区，素负盛名。

悠然恍见水边仙，紫羽灰毛自在旋。
数百万翎幽梦暖，几千里路好音传。
拍船雨点听金磬，绕岛风姿看碧莲。
心脏忽疑成雀卵，胸中有翼扑苍天。

赛里木湖题照

直似揉蓝宝石莹，清风蹑足白云轻。
忽惊波底虬龙气，渐忘人间鸡犬声。
积雪辞山融美梦，垂虹借水洗浮名。
欲将弦月摇春舸，更与嚣尘远一程。

曹妃甸码头书所见

一抓一卸似家常，总是生涯日日忙。
四海波连千里目，五洲船聚九回肠。
才将塔吊摇情别，便待春风送梦航。
汽笛惊来万涛涌，天光云影太平洋。

芝麻诗

埂畔田头土路旁，拈将一角自芬芳。
小花著雨衔情重，细叶牵风系梦长。
翠荚醉来摇露水，金茎笑去爆阳光。
身微偏向人间誓，愿撒千门万户香。

新的一年来到了

曾被人民币所伤，常从风雨认沧桑。
粉丝有捧追周董，黔首无端怕李刚。
且把冷嘲留苦笑，还将热泪寄新章。
年来柴米油盐贵，勇率妻儿奔小康。

陕西巷怀古

酒绿灯红小巷深，鸳鸯帐暖梦尤温。
灌来豪气杯无底，浇去芳心泪有痕。
况是逍遥名士夜，岂能辜负美人心。
燕然未勒随其末，兀自联军进蓟门。

豆豉忆

豆豉，以西瓜和豆瓣腌制发酵而成。家母每年夏天腌制一瓮，可吃到来年春季。

难忘那盏故园香，慈母腌成滋味长。
入梦乡情萦豆瓣，绕怀思念酿瓜浆。
些些咸伴微微辣，点点红添淡淡黄。
一炝葱花煎肉末，馋虫每赚泪沾裳。

心语

人伴流光身渐圆，闲看风雨过门前。
言轻不必标高姓，骱重何妨拟大仙。
刷脸入圈曾碰壁，抖音上网偶寻欢。
逍遥云水随缘分，花谢花开每一天。

清晨揽镜小悠闲，秋月春风带笑颜。
心血管愁诗已淡，脂肪肝惹酒颇顽。
高低世道沾微恙，冷暖人情侃大山。
非是寒生矜傲骨，硬来腰腿歉难弯。

荆州日记

修然高铁向南行，千里江陵半日程。
过眼河山呈锦绣，置身童话似灵精。
吾曹剩看惟新岁，异代相思在老城。
每恐高吟惊古逸，荆门醉着许多情。

被遗忘的角落

苍茫往事散浮云，日落西山暂掩门。
老矣三餐能果腹，嫣然一笑且开心。
上床最怕石壕吏，下地难逢社稷神。
绝代风流弄潮过，随他高喊为人民。

红尘有梦

红尘有梦此生难，梦醒忽惊两鬓残。
雪压寒松松挺碧，情牵红杏杏摇酸。
白云南北栖无定，明月东西缺又团。
好汉何须多问酒，乾坤未必醉中宽。

感世偶成

红眼纷纷白眼横，苍生疾苦自关情。
胸中热焰常无忌，腕底惊涛幸未平。
铺地小鞋由鬼送，弥天大爱向人争。
光明襟抱铿锵胆，岂惧寒风恶浪迎。

果然

信手琵琶一展眉，风霜叶底醒来迟。
偶倩薛涛清素纸，聊书柳永杏黄词。
空衔紫燕沾泥梦，难剪红尘带泪丝。
果然一夜桃花雨，绿上今朝杨柳枝。

嶂石岩漫笔

野径通玄九曲弯，弯弯牵我入深山。
草铺梦好风姿软，泉送音清水调闲。
沾露长枝如素臂，含香小朵似红颜。
瑶台举目疑非远，所谓天堂手即攀。

车过黄河

终于看见那条河，百感填胸涌作波。
跃向黄流红一尾，奔朝沧海碧千涡。
潸潸泪热零新雨，滚滚轮飞奏老歌。
九曲心情难入静，轰隆隆叹散沙多。

蟹岛逢刘庆霖

识荆恨晚久相亲，蟹岛光芒一照新。
千里烟波传俊逸，几声布谷送清纯。
甘霖共举鲜花盏，锦绣争铺芳草茵。
掌上诗醇赊半醉，还家酿入玉壶春。

春歌一律唱和文朝将军

更逢瑞雪更香浓，更喜寒梅为悦容。
洁白情思铺绝壑，嫣红记忆染层峰。
沿河诗料梳金柳，遍地春风滚碧龙。
陇亩且栽心一粒，秋来请献粟千钟。

雨

相思长盼春风早，雪阻冰封叹路迢。
云作缠绵终化泪，海因激荡总成潮。
花花婉转甘霖醉，叶叶轻盈好梦摇。
心底柔情千万绪，惊雷一震漫天飘。

陈映真先生印象

浊世苍茫滚滚尘，洪炉百炼一金身。
如磐暗夜朦胧合，似海豪情慷慨陈。
鸿雁偏存云外志，红梅敢写雪中春。
风霜历尽丹忱在，洗净铅华总映真。

谢刘征老师赠诗，缀句附骥，聊博一粲

浓情恰似经霜叶，历尽艰辛寸寸丹。
冷看鸥鹠妆小丑，懒听鹦鹉晋高官。
心随云月流光远，剑入江湖正道宽。
我爱诗人不服老，狂来一啸又华年。

轩辕故里

闻说此处寄仙根，顶礼轩辕格外亲。
黄胄千秋传火焰，丹心一脉耀乾坤。
惊雷响去神州震，飞雪催来大地新。
倘或令出齐步走，应为世上最强音。

赠美国学者墨子刻

京华十月群贤聚，墨子乘风入九州。
花酿醇醪迎远客，枫飘红叶舞清秋。
大名一诵惊三座，宏论初闻醉百俦。
记取当年曾握手，余香今在指间流。

卜居左家庄

浊酒尝来分外香，立锥容我左家庄。
多年李杜愁书架，几度妻儿羡住房。
床稳铺平今夜梦，诗新涂上自家墙。
蜗居虽窄阳光美，从此长安不异乡。

曾经地铁五环忙，百转愁肠一住房。
李杜新排腊梅下，妻儿好坐水仙旁。
白居非易银行助，红酒何妨茶碗装。
苦借寒枝栖一角，北京今日是家乡。

岁末有怀

翻过群山又一峦，网传时事尚艰难。
鬓添霜雪心犹热，笔走龙蛇胆未寒。
世路高低随坎坷，人情冷暖看波澜。
红梅手剪和书寄，遥祝吟怀岁岁安。

美比寒梅洁比莲，心香淡淡在悠然。
金逢火炼识真伪，月到云开看扁圆。
万里和风传绿梦，几番喜雨洗苍天。
有情不论缘新旧，清水之交又一年。

岁末回眸

检点今生账目清，且将胸口对天平。
无求使我常温暖，有爱教人更透明。
几点闲愁随雪化，一些新梦与芽萌。
耳边燕语催春步，凛冽心头蓦地轻。

迎春祝词次韵养根斋老师

门外风光蓦的新，仰天长笑是诗人。
回眸淡送番番雪，振臂欢迎处处春。
随虎跃龙腾梦远，与花香鸟语情亲。
山明水秀雾霾囧，绿转红还毕竟真。

春节即兴

眼底深情似水柔，东升旭日在心头。
新诗鲜似红梅挺，好梦飞同白鹭游。
看雪飘然成意境，听花笑着染神州。
肩扛希望手牵爱，更上春风又一楼。

戊戌咏春步文朝将军韵

遍野青葱蘸满身，当头日月转双轮。
安排戊戌驮芳讯，准备梅兰扮美人。
小睡棠阴风入画，微醺柳影水摇春。
凭高欲跨云间鹤，远近山川一览新。

次韵彤星先生七十生日抒怀

福满南山吉日临，鹤鸣松柏祝诗人。
春花且喜春风近，好梦因逢好酒深。
似火真情总难忘，如潮新韵自沉吟。
七十犹似十七岁，笑与彭铿把寿匀。

永城呈蔡淑萍老师

思君不见在渝州，幸得沱河暂驻舟。
昨沐春风接高步，今攀芒砀记同游。
园丁常念耘中础，人物难忘第一流。
朗笑声中诗更老，新看桃李径蹊稠。

【注】
　　中础，指北京中础宾馆。《中华诗词》杂志曾借中础宾馆办青春笔会。

过函谷关戏咏老子像

东来紫气出函谷，函谷西行岂乐土？
秦岭崎岖汉水宽，羌笛悱恻胡笳苦。
红尘惊梦又城狐，青史翻篇多硕鼠。
终处不知何所终，老君心内如汤煮。

北京沙滩求是楼506房间与刘章老师小聚，相谈甚欢，赋诗一首

赤子胸襟自在讴，山花满袖足风流。
浮云不畏遮双目，高客先迎上五楼。
小丑端凭蜗角斗，大才岂赖鼠光谋。
知心夜话醇如酒，一醉长销左右愁。

唐山抗震纪念碑感赋

地陷山崩迹尚留，残垣侧畔起新楼。
昂然人字连天写，试看神州硬骨头。
此来千万沧桑叹，岂可寻常巷陌游。
曾历风霜经凛冽，便添光彩耀春秋。

步沈鹏老韵贺同志红宝石婚

持家报国苦甘同，宝石晶莹别样红。
时雨凯风花正好，清光秀气月当空。
鹳楼心壮随诗远，滕阁秋高有梦浓。
两岸青山相对美，情深深在不言中。

读韩成武老师《诗圣：忧患世界中的杜甫》，对杜诗"百年歌自苦，未见有知音"句颇有感触

于今冠盖满骚坛，若个草堂薪火传。
争艳泼猴妆罢异，赛奇野雉捧来妍。
曾经丑角难为笑，不过浮名易作钱。
掌上诗心千古烫，胸中无爱岂能燃。

读来工部沉吟久，总为苍生苦乐鸣。
草木有怀皆胜景，山河无处不伤情。
诗帆高挂春秋远，笔阵横挥风雨惊。
千古精魂萦百姓，于人心上起回声。

几番主义惊天下，诸位先锋可好吗？
喜列沙龙分宝座，闲随时调贩涂鸦。
蛮腰扭作伶仃草，小样开成富贵花。
炒罢无聊出趣味，粉丝多过少陵家。

相思总怨

相思总怨云天杳，妙笔难将情字描。
美景每逢思美眷，良人不见岂良宵。
骊歌仍在唇边绕，热吻依然心上烧。
月下霜如苍发落，风前叶似泪花飘。

中华诗词学会成立廿年纪念会听诵 《卢沟落日》赠董澍兄

盘空硬韵新雷动，似火丹忱似水情。
慷慨卢沟悲一曲，苍茫华夏怒群英。
贞心凛凛青锋震，傲骨铮铮金鼓鸣。
槛外快男超女热，满江红唱有谁惊？

洪洞古槐

树大名高风雨侵，还家游子与根寻。
谁收千古云霓气，共聚八方锦绣心。
梦在天涯传热泪，情随海角续凉阴。
相思此处浓如酒，透骨沉香仔细斟。

多少年轮转至今，悄然转走旧乾坤。
分阴槐里多怀晋，问路桃源好避秦。
风雨有担天下事，山河无负世间人。
沧桑历尽如斯树，一笑花开百万春。

过卧龙岗

情随三顾起波澜，心寄苍茫一寸丹。
羽扇轻摇流马震，茅庐长忆卧龙蟠。
眉扬暂送周郎便，胆放偏迎蜀道难。
步步雷霆天下窄，纷繁乱世袖中宽。

卧龙冈上一枰参，梁甫吟中岂睡酣？
此诺心坚留表二，那天琼碎看分三。
风摇泸水情何苦，雪阻祁山志所甘。
管乐曾谁田舍老？风云晴晦以身担！

悠悠岁月海桑迁，今看茅庐换旧年。
可叹先生忧至死，徒怜后主醉成眠。
白河难使风波静，青史还从陇亩延。
往日功名归演义，江山待我写新篇。

【注】
　　白河绕卧龙岗而过，当地人传说即李白笔下"白水绕东城"
之"白水"。

汾河公园

云淡天高秋气潇，哗哗汾水走迢迢。
雁丘寄梦摸鱼子，晚渡摅怀望海潮。
纵目情随霞旆远，行舟心逐浪花飘。
忽来最炫广场舞，便送欢歌上九霄。

珍妃井

忍将苦泪浸芳魂，不是伤痕即泪痕。
井底波澜归寂静，心中锦绣枉清新。
红颜有叹关恩怨，清水无辜祸古今。
大内名园埋噩梦，人间寂寞几多春。

折腰体

横山曲水郁葱葱，诗画田园锦绣中。
云外轻鸥合仙客，门前芳草最熏风。
晚菊香从寒后淡，寒枫美在晚来红。
欲分爽气移新笋，自在心头借一丛。

读树喜老师惠寄《大树组图》感赋

果是千姿百态诗，劫波汹涌驻根基。
沧桑阅去春难老，生命翻来图最奇。
顶破阴霾还碧叶，推开迷雾更苍枝。
飘风骤雨何须畏，大地情深一展眉。

遥祭丁力老师

春风领路一情牵，船泊洪湖带笑眠。
心似荷香洁雨后，人如松劲碧风前。
故园有爱萦丹梦，热土多情驻紫帆。
不忍扰君谈古怪，先生此去已经年。

贺刘章老师七十寿

敲成一韵一沉吟，聊倩微言献寸心。
莽莽太行横铁笔，悠悠大纛竖石门。
诗成梦里者方土，画出心头那片林。
道是流年如锦绣，人间风景在追寻。

庄中庄外遍知音，有好声名举世钦。
人到七十仍赤子，花香万里正青春。
燃情岁月情如火，洒爱人生爱似金。
所欲所从皆中矩，透明透亮是童心。

元宵叠古求能老师韵

风吹星雨共清澄，心上冰轮一转腾。
人约黄昏待红袖，诗随青讯慰花灯。
满城笑脸千家庆，遍地春风诸事兴。
盈手芬芳不堪摘，聊凭QQ寄亲朋。

女娲山下

《康熙字典》载："女娲山在郧阳竹山县西,相传炼石补天处。"夜宿此山,遥想娲祖抟土炼石诸般艰辛……

补天抟土想当年,娲祖千难与万难。
双袖祥云随梦起,满怀瑞气绕情旋。
峰来作酒长河醉,树欲成霞圣火燃。
一片慈心滋热土,五洲共仰母亲山。

七夕夜雨

相逢总比相思好,多少风流破寂寥。
云至今宵飞喜泪,星从银汉起情潮。
鲜花已向甘霖醉,好梦尤催美酒浇。
仙阙料应甜似爱,人间有蜜涌天桥。

端午诗一首答诗人马高明

深情遥祝手中杯,添缕阳光绕四围。
乱舞群尸朱化碧,齐喑众口是成非。
当门怯鬼学悬艾,对酒思人赋采薇。
独醒汨罗忧患重,鹃花啼血减春肥。

即是

即是书生亦自鸣，几番劫火为多情。
荣枯世上愁多仄，丘壑人间恨未平。
每惹大人惊路塞，聊歌小调俟春萌。
风从碧水长波起，心在寒山石径行。

舟山之夜

如此良宵堪醉卧，一舟好梦系沙滩。
水苍依旧风吹远，野莽无妨韵放宽。
抛去月壶醇入酒，推来星盏妙成仙。
诗心追向礁边浪，暖暖春波俏俏翻。

红豆树

生来红豆惹人怜，粒粒相思粒粒缘。
千古风流仍有种，一怀浪漫果无边。
枝牵春色流香海，叶卷秋波渡梦船。
天地浓情钟此木，诗魂总是火般燃。

周家庄乡采摘园咏怀

　　周家庄乡观光采摘园位于河北省晋州市周家庄乡九队，也是笔者老家。这个乡至今实行土地集中耕作、集体所有制度，村民记工分，分口粮。被外界称为中国最后一个人民公社。

入得名园脚步轻，相逢草木最关情。
葡萄架接葫芦架，惊叹声连欢笑声。
常好花如年景好，分明月照故乡明。
许多心事都松下，一路清风随我行。

人间至美在田园，况是良辰锦绣天。
红染草莓从雨后，黄铺油菜到云边。
迎眸生意浓于酒，扑面鲜香袅似烟。
路畔秋千容小试，此时滋味赛神仙。

当年滚滚卷风沙，今日悠悠遍地花。
叶底欣摇红烂漫，陇头憨舞绿清嘉。
声来旷野三春燕，影落平池五彩霞。
锅大柴多好熬菜，桃源依旧在咱家。

风吹绿浪染阳光，如画如诗春满乡。
情醉梨花三月雪，暖融游子一头霜。
亲人入梦祖茔近，热土留芳大道长。
心上石津渠水绕，碧波牵动九回肠。

【注】
园中有我家祖坟。

乾陵无字碑

笑在冰霜雨雪中，昂然傲骨对苍穹。
山临极顶人何憾，情到豪时女亦雄。
敢搏龙庭迎恶浪，懒闻蚁穴起阴风。
挺身岂畏碑无字，眼底乾坤日月空。

闻邵燕祥老师心脏"搭桥"手术

祖传孤愤溯离骚，竖握笛吹横握箫。
一担青山积块垒，千波沧海立惊涛。
雁描秋字翔天路，梅漾春风渡脉桥。
不必人夸心脏好，只留清品树高标。

青山关遐想

猜是西游记里缘，水帘遥望挂关前。
伏魔铁棒今无觅，辨鬼金睛昔有传。
好雨好风疑似梦，闲花闲草信如禅。
青山长恨乾坤窄，欲孕灵猴亦闹天。

赠别武立胜兄

旗开立胜忆风骚，新韵清音领碧涛。
听雨心随烟水远，抚琴情自锦云高。
吟怀不掩冰壶玉，醉眼敢轻金错刀。
量是酒来兄弟在，一倾江海共滔滔。

赠时代楷模林义鸿家庭

桑梓留芳闾里夸，弦歌传誉到天涯。
心中美德莹如玉，堂上亲情暖似霞。
四世同描新愿景，九州齐唱好人家。
千江春水千山月，一路风吹遍地花。

周笃文老师诗词论丛研讨会暨八十寿庆即席作

美酒愈陈香益浓，杖朝犹放晚花红。
名于朗月卿云上，人在清秋爽气中。
若水深情融碧海，为霞大象染苍穹。
衡诗问学双不惑，一脉楚才今古雄。

航天遐想

庄有迷魂招即得，翩翩羽化大飞碟。
山川望处微于豆，天地浮来快似梭。
骑梦霓虹曾恨少，倾心霹雳不愁多。
逍遥游向银河系，跨火星城去 K 歌。

臧否

璧有微瑕人固叹，金无足赤永为真。
滋兰九畹杂莸莠，采菊东篱避蓟榛。
骇浪敢招虾蟹恨，惊涛误惹藻萍瞋。
秋来木叶随风败，扫净残枝又遇春。

凛冽

凛冽人寰冻雪飘，胸中热血涌惊潮。
常愁前路无知己，每恨高枝有怪鸮。
沧海横流珠蚌苦，疾风劲扫草莱凋。
悲歌天下铿锵少，肝胆男儿志未销。

贾太傅故宅志感

怅望当年笑贾生，回眸一恸万言轻。

永怀井涌千秋泪，小院鹏来孤客鸣。

论听过秦关社稷，疏留积贮叹衰荣。

推恩漫道虚前席，铸邓铜山别有情。

锵锵

锵锵壮志上拿云，呜呃当年感慨亲。

陈迹几翻随鼠辈，豪歌一唱起牛人。

登高不惧足音寂，望远能开眼界新。

热血点燃尤火烈，熊熊光焰更青春。

烟云十载待重书，苦泪凝成记事珠。

曾有阴霾遮丽日，每从暗夜走长途。

思来浅笑留深爱，换去新桃改旧符。

欸乃声中天幕仄，挑开一角绘春图。

送别孙若风总编辑

古道仁怀泽惠勤，德邻五载记清芬。

振衣人向岗千仞，折柳诗酬酒一醺。

曾见雷霆磨铁笔，更期鹏翼展青云。

阳光不远春风永，每沐薰和即忆君。

贺中国书籍出版社成立三十周年

一路风尘一路歌，芳林独秀著花多。
千秋好梦岩峣气，卅载深情浩荡波。
金线生涯罗锦绮，青灯故事汇星河。
谁知甘苦此间味，大道长天永不磨。

题静安居

寂寞京华小小窝，偶招闲气惹风波。
嘲红庙笔偏丢帽，骋绿茵球倒挂靴。
久历牢骚酸渐少，才逢华盖苦嫌多。
人情薄似人民币，猛似狂刀厉似魔。

敬贺伯农老师八十寿辰，谨步《登山海关老龙头》元韵

八十春秋百丈楼，着花老树最风流。
每传清气情深处，自有阳光心上头。
艺海听潮钦胆壮，蓟门吟草喜春稠。
生朝又是新开始，更看帆扬万里舟。

怜花四律

桃林漫笔

丹霞一片倚云栽，灼灼桃花烂漫开。
漫采情丝春满手，闲拈红粉笑盈腮。
薰风酒助三分兴，人面诗添八斗才。
近视亦知韶景好，芬芳为有此间来。

榴花记忆

横斜心事万千红，暗结珍珠在梦中。
叶底流光随叶乱，花间清影与花融。
恼人闲恨酸还皱，笑此相思苦又空。
抬眼碧青愁满树，飘摇明月一枝风。

荷塘口占

夕阳老去渐苍茫，叶叶风清浣旧香。
浅笑嫣红曾傅粉，深情碧绿已呈黄。
蓬头籽胀金囊破，藕脚丝牵玉管伤。
枯叶支离寒瓣仄，漫天萧瑟一池凉。

水仙小咏

陌室苍凉半角新，幽香恬淡弭红尘。
一帘梦卷窗前酷，几瓣春留掌上真。
山鬼高吟清透骨，水仙冷看色随人。
风云不扰江湖远，闲散光阴味最醇。

步韵香港林峰老会长《丁酉年宵吟》

嘤鸣幽蓟唱心香，一路霾湔鬓未霜。
击鼓催梅情驰荡，闻鸡掣剑韵飞扬。
中年髀肉方愁减，昨夜花鞭略厌长。
到眼蝇蜗哈三笑，手翻箕斗入新章。

读方志敏烈士《清贫》

怆然回首忆《清贫》，叹孔方兄举世亲。
盼有光芒驱雾瘴，须凭正气长精神。
臭铜岂染英雄志，热血来浇锦绣春。
敢问悬河公仆口，肯将主义似君真？

冠县访孔繁森纪念馆

人如苍叶归乡土，碑似青山矗万民。
远志经尝千样苦，遗愁未脱一方贫。
阳光送暖回寒湿，春雨浇甘入苦辛。
岂必生花传梦笔，感心深者在情真。

赞南海舰队某潜艇支队372艇官兵

骇浪惊涛胆气雄，飘然来去水晶宫。
敢凭金剑试沧海，更取丹心耀彩虹。
万里洋流有慷慨，一身肝胆在精忠。
艰难险阻豪情在，血性男儿唱大风。

赞邹韬奋

七君缧绁忆萧森，一脉三联誉至今。
雪骤尤存铁梅志，风高无改碧松心。
不羁健笔任驰骋，岂忍神州竟陆沉。
摘藻扬晖报家国，英魂磊魄寄情深。

【注】

七君：指"七君子"事件。三联：指三联书店。

赞刘伦堂

玉德冰操举世珍,情如鱼水众乡亲。
堂堂正正光明路,简简单单干净人。
黄石村中忆薪火,丹心谱上耀星辰。
陇头芳草连天碧,两袖清风万里春。

题任全来家庭

美丽真情比海深,八方同感蕙兰心。
满头霜雪飞来早,绕宅阳光暖至今。
家有清声媒体赞,孝留佳话世人钦。
红尘百味胸中爱,德奏黄钟大吕音。

三月五日敬和逸明老师

当年其实不平凡,今日光辉渐渐芟。
一曲轻歌随酒醉,几根软骨倩花搀。
黄岩往事刑天舞,钓岛新愁精卫衔。
且挤且钻真闹热,后庭玉树鸟呢喃。

题姜女庙

槛外涛声长又长，声声犹似咒秦皇。
千年苦泪咸成海，一路寒苔绿到墙。
石上遥思情惨烈，殿中惊看梦凄凉。
长城万里哭能倒，火起阿房又岂防？

广元千佛崖小立

揽将千佛列心头，眼底嘉陵静静流。
两袖高风立酸爽，满山奇窟坐温柔。
会当绝顶微微笑，一扫浮云小小愁。
不见红尘遮醉眼，何须更上最高楼。

包头三律

包头博物馆读古岩画

万古天真叹不如，寥寥几笔本心初。
扶鞭长与寒山近，击壤每同浮世疏。
散放牛羊随意卧，乱生蒿草未须锄。
沧桑合著风霜老，过眼云烟任卷舒。

阴山下

敕勒歌中一放眸，飘然银翼入包头。
宽街铺去幽怀阔，直道驰来逸兴稠。
草染阴山留雪影，星摇昆水照风流。
更将晨曲翻新唱，唱向长河最上游。

【注】
昆水，指昆都仑河。晨曲，指《草原晨曲》。

包钢有感

车间直似作仙游，扑面飞来是暖流。
坯遇冷浇尤炽烈，钢经热轧特温柔。
情于红火年华觅，梦在白云鄂博留。
双翼摩云神马啸，风高雪密一昂头。

中秋步韵和段维兄

明月当头多问诗，流云几朵美于诗。
三秋最重相思泪，一笑偏轻富贵诗。
脚下青霜疑旧梦，窗前白菊逗新诗。
心清更有清风绕，负手闲吟万古诗。

卢沟桥感怀

从来青史最分明，澎湃黄河万古情。
剑底寒光射残日，心头热血筑长城。
山倾海立旌旗奋，电舞雷敲鼙鼓鸣。
七十年间晴与晦，蓦然回首凛然惊。

桃花雨细润卢沟，杨柳风轻一径幽。
今日欢颜新步醉，当年怒火旧痕留。
绕桥岂是猫儿爪，振鬣从来狮子头。
义勇军歌开口唱，情豪忽似大江流。

正山堂雅聚领金水先生韵

有些人在梦中央，有约来时茶益香。
挥袖忽思沂水岸，留诗且寄正山堂。
炎蒸隔断三千里，襟抱容分一点光。
大暑人间宜小隐，红汤静看到清凉。

闻韩小蕙女士荣获五一劳动奖章

直道仁怀赤子心，元元忧济寄情深。

光明纸贵鸣天地，文荟风行揽古今。

五月芳名含小蕙，一方净土沐甘霖。

手牵百亩清香在，搦管铮铮金石音。

【注】

① 韩小蕙女士在光明日报主持文荟版多年。

② 屈原《离骚》："既滋兰之九畹兮，又树蕙之百亩。"

何当

何当对酒一壶月，照我风窗苦雨时。

柳染离愁吹绿梦，花含异趣剪红诗。

笔孤砚老青春短，桐碎椒焚白发垂。

心酿醇醪藏古井，沉香尤为盼君知。

农民诗友

农家来客便呼邻，扑面春风染一身。
犬马无喧知待友，鸡猫有趣解迎宾。
推觞敢咒世间贵，举箸长忧天下贫。
小菜新鲜污染少，原生低碳正佳珍。

原生低碳即佳珍，春去春来叶自新，
仓内稻梁能果腹，门前瓜菜正宜人。
流连蝶趣称知己，浪漫莺啼恰比邻。
起舞不知萝月叟，作歌亦似葛天民。

作歌亦是葛天民，醉卧农家好酒陈。
大野桑麻同类聚，小园桃李一群亲。
花间俚曲蜂为友，村口风光草自茵。
佳句吟来云叆叇，柳梢头上月逡巡。

柳梢头上月逡巡，难忘单纯一片真。
石屎林中无此境，农家院里有斯人。
诗来痛骂石壕吏，酒去闲聊洛水神。
淡饭粗茶滋味远，野花野草忆清新。

【注】
石屎，港人将水泥称作石屎。

闻马航MH370航班客机失联，怆然有作

试问飞槎何处觅？大洋呜咽一声悲。
本来眉月多情夜，却是波音有难时。
风卷洪澜愁似雪，网传微信乱如丝。
家山芳草参差绿，那瓣心香犹待谁？

春开素朵上青枝，昨夜霜花染鬓丝。
白浪忍将心互绞，彩虹枉与梦相期。
寒来南海惊成泪，暖入东风怯化诗。
遥望天涯云水渺，一礁一岛一凝眉。

闻刘章师染恙

似有缪斯钟雾灵，逢春老干叶蓊茏。
乡关远去还牵梦，好句吟出总入情。
或许随缘识北斗，曾经沐暖趁东风。
诗多误惹冠心病，二竖张狂试劲松。

书愤呈张玉祥兄

总是穷家百事磨，满腔鸟气打油歌。
应差死累伶仃腿，混饭活摇妩媚舌。
塞运门前佳客少，痴心匣内臭诗多。
人情轻似人民币，散入风尘即化蝶。

诗人依然君新婚志喜

关雎雅调奏蓉城，五月依然似火红。
解语黄鹂春美韵，飘香锦帐蜜浓情。
无穷蜀道心归秀，别样任丘月映明。
脉脉良缘牵万里，吉人头上有吉星。

寄袁剑君老友

少年大话梦来频，秋老枫红染愈新。
拟把诗怀围渤海，好凭剑胆涌冰轮。
依然浮世恐长笑，如此平生敢自珍。
小酌村醅举灯影，与君对面作仙人。

喜赋西府海棠

葩吐丹霞压俗香，叶垂碧雾展新妆。
牵情嫩蕊飘微醉，扶梦繁枝舞最狂。
睡去风轻花正懒，醒来月淡蝶偏忙。
兴酣西府邀工部，许有佳篇酬海棠！

放鹤亭感怀

隔断红尘作翠屏，寒山远上履痕青。
时人争解登龙术，此地空留放鹤亭。
春水冰边题姓姓，秋风叶底寄形形。
一双白翅归缧绁，谁逐长天悦性灵？

敬和霍松林老师《赞神九胜利归来》，并呈周笃文老师指正

天上人间喜气洋，穿梭河汉自由航。
杯擎甘露邀明月，簪朵卿云绕太阳。
眉际寒星同梦近，腮边热泪与情长。
神州今日真优美，笑脸如花春满乡。

恭贺杨金亭老师八秩寿，次韵郑欣淼会长

回眸烟水述萍踪，小缪斯家老义工。
解旱苗迎甘露雨，启航舟送顺帆风。
八零后者情犹热，九万里兮心更雄。
相约期颐杯共祝，行看最美夕阳红。

扶桑四律

东京访问读卖新闻社

久矣闻名相会迟，人生难得有缘时。
听君今日凤凰哕，期我明朝瑰玮词。
山水东来多耐读，友朋西向更回思。
摛翰振藻勤珍重，会使墨林添一旗。

足柄道上遥望富士山，隐约云间，联翩浮想

淡霭清风拥翠旄，祥光爽气起神皋。
天鸡鸣处藏红日，海鹤飘时见碧桃。
徐福仙寻蓬岛迥，麻姑寿献玉霄高。
娉婷一朵芙蓉在，起落云河万里涛。

【注】

据诗人金中介绍，日本诗人多用芙蓉比喻富士山。

奈良念梁思成先生

一瓣心香遗海东，秋来犹似步春风。
华严寺草侵阶绿，御影堂花绕槛红。
大劫光阴留静好，小城故事惕深衷。
思君不忍说幽蓟，昨日古墙今已空。

雨中岚山读周总理纪念诗碑

伞花开阖动心弦，手抚诗碑思慨然。
浊世阴晴真莫测，清秋冷暖最堪怜。
满山树色浮轻霭，一线阳光接浩天。
舒卷流云吹小雨，如磐忧患压当年！

梅兰竹菊四咏

（一）

休把芳林锦阵猜，素香缕缕顶寒来。
冰魂敢向风前舞，玉骨何堪雪底堆。
画梦疏枝随梦画，裁诗清影伴诗裁。
蕊红早有情难禁，不待春催花自开。

（二）

叶肥正是雨柔时，更借和风著意吹。
一径香传冬去信，合山青绎古来诗。
雪封空谷寒流韵，冰隔高岩春有知。
扶杖谁携幽步渐，翩跹蝴蝶漫相随。

（三）

万竿拔地碧云飘，借得阳和抽翠条。
风去穿枝看袅袅，雨来打叶听潇潇。
含情有梦萦山谷，即兴随春过板桥。
最喜清辉摇素影，几回明月立中宵。

（四）

懒向风前献媚歌，悠然几瓣慰蹉跎。
篱枝无悔逍遥派，野朵宁甘安乐窝。
袖手闲花任晴晦，昂头寒叶对山河。
眉间久锁黄金甲，惯得高天萧瑟多。

希望小学

　　2007年秋，笔者供职的《文化月刊》杂志社牵手友刊《艺术市场》和《艺术教育》，共同为山西贫困县捐建一所希望小学，感赋。

三皮匠聚事非难，情系苍生总不凡。
为补青天捐石彩，先凭赤手献心丹。
崎岖世道宁无叹，浩荡和风信有还。
爝火虽微光耀远，悠悠大爱柱人寰。

【注】
民谚云：三个臭皮匠，顶个诸葛亮。

敬贺刘章研讨会召开

归砚楼高须仰望，吟旌独树第一庄。
燕山土沃花常艳，太岳霜轻草自芳。
路僻惜离财帅远，诗多偏累缪斯忙。
春蚕到老丝犹旺，一唱乡情万里香。

心灯一盏照八荒，不惧尘寰夜未央。
风雨压肩担道义，江山信手入文章。
向阳门第芬芳远，击壤谣歌慷慨长。
桃李薰风今更暖，中间爱字放光芒。

依韵和高立元将军

橘秘枰开楚汉雄，古来刘项笑成空。
浇头淡淡春秋雨，袖手飘飘左右风。
情寄高岩流作瀑，心安陋室坐如钟。
闲云孤棹扁舟窄，却有五湖烟水通。

新雷歌

胸藏锦绣终难默，便有豪情便不俗。
举世风流革旧序，普天云起看新图。
河头敢请冰挪步，山脚先携草驻足。
一按门铃春到也，一声叱咤万花苏。

挽熊元义兄

身世百年才半程，遽然抱剑九泉行。
锁眉其奈小时代，开口依稀大事情。
是是非非悲涕下，风风火火走人生。
胸罗星斗辉寒夜，化作雷霆纸上鸣。

【注】

　　熊元义为《文艺报》理论部主任，因病于 2015 年 11 月 15 日辞世，享年 51 岁。著有《眩惑与真美》《回到中国悲剧》等。

步月漫笔

如此良辰难醉卧，当头明月正无边。
草杂依旧情吹乱，花野无妨韵放宽。
洒满晴光分大夜，照穿逝水印中天。
飘来十里逍遥柳，一缕春风手上牵。

庐山小住

松下新枰弈古局，风花猎猎鼓云旗。
闲观雪径成花径，立奉情诗替颂诗。
敢有峥嵘堪自傲，恐无邂逅每多疑。
飞流直落光阴乱，牯岭昂然欲奋蹄。

题朱家角

北马南船偶一逢，珠溪妙谛梦中通。
赏心美似丹青染，悦目谐如水乳融。
兰棹彩舟陶古韵，粉墙黛瓦畅新风。
诗从西井河头好，春到放生桥畔红。

古镇铺开大画屏，依稀风韵忆明清。
门前流水轻轻换，桥上光阴慢慢行。
老巷游来随径曲，小舟摇去靠边横。
和谐滋味醇如酒，胜过尘嚣炒作名。

小夜曲中波渐平，闲来淘气几流萤。
含香雾淡随风舞，衔梦星繁与水盟。
静里桨声如大笑，动时灯影似微醒。
心中留个朱家角，挂朵相思挂朵情。

三里长街任我行，上河图里入清明。
舟桥水巷真风景，柴米油盐大事情。
老外开心尝肉粽，小丫美发染金橙。
茶楼泡得江南醉，韵里吴音恁动听。

廊桥送罢泰桥逢，十里温馨一念中。
好景敢将浓墨淡，新醅闲待淡香浓。
桥前水映幽幽巷，船底云追软软风。
两岸花开相对美，珠溪不与俗乡同。

庐山诗

在庐山抗战纪念碑曾见一联："长江入海方无限，庐岳撑天始有峰。"信手借来凑成一律，表达对庐山的一份敬意吧。

访来春雪趁新晴，曾是长安久慕名。
笔底风烟收碧野，眉前云瀑起苍穹。
长江入海方无限，庐岳撑天始有峰。
别后千山哼一笑，只缘心在此山中。

八达岭抒情

寻诗岭上一开襟，变徵悲歌梁甫吟。
每到长城呼好汉，偶从沧海忆精禽。
垛间龙旆翻晴晦，眼底燕山送浅深。
万里忧思追万古，八方风雨我登临。

七夕

诗多枕畔伤红豆，缘聚星河累鹊桥。
四面冷嘲杂作霰，一腔热恋猛于潮。
情深更愧杯何浅，梦近偏愁路特遥。
总是心舟飘似月，载些风雨在云霄。

惜桂

乡人擎杆展幔，采桂而忙，据云晒干可售。

杆擎幔展看人忙，金粟银珠入味长。
千古诗材沦俗料，三秋风致枉天香。
落花落为浮名累，伤叶伤由肥利狂。
采撷谁怜广寒种，尘塵斤两一般量！

伍仁村谒关汉卿墓

隐在凡花野草间，一抔热土藓痕斑。
这铜豌豆究难扁，那铁脊梁真不弯。
风雨村头仁有伍，甂甂世界义相关。
陋碑虽矮眠高士，却看平原立大山。

海南感怀

东坡书院瞻《坡仙笠屐图》

变幻皇天晴复阴，玄玄世相自深深。
甘从沧海舒襟抱，苦向乌台披腹心。
风打巉岩翻浊水，雨敲蕉叶出清音。
越千百载诗犹烫，牵缕柔情今我临。

儋州怀苏子瞻先生，用折腰体

迥异幽燕感物华，儋州寻访古人家。
高眠偃卧桄榔树，大笑惊开狗仔花。
堂前史料低头数，叶底诗材信手叉。
北雁偶来留指爪，澹然展齿印平沙。

儋州东坡书院寄怀，用同声韵

一拳襟抱恨难舒，狗仔花繁兰桂疏。
载酒堂寒空问字，闭门夜寂独翻书。
有情南岛容江海，无悔东坡乐饭蔬。
歇脚椰林览青史，谁将万缕乱愁梳？

【注】
江海，东坡有"江海寄余生"句。

读《国之大臣》祭大清王定九公

掩涕泥涂困巨鳞，长安憔悴独斯人。
凌云健笔层峰立，卜鼎清名一卷巡。
上国偏多圣朝鬼，东风不少陇头春。
圆明旧迹依稀辨，直道从来累大臣。

咏马和沈鹏先生

雨鬣飘飘万里行，霜蹄的的走金声。
苍山缺处曾清立，红日催时更远征。
扑面松风如海仄，迎眸石径与天平。
胸中自有奔腾梦，不向滩头羡濯缨。

伊犁怀少穆公

铿然操节在冰壶，啮雪餐风世味殊。
万里浓愁扑霄汉，九州清梦入屠苏。
渠怜匝地小时代，谁是撑天大丈夫？
伊水倾心浇块垒，格登回首月轮孤。

【注】
格登，指格登山，林公有句："格登山色伊江水，回首依依
勒马看。"

和洪泽湖颜怀臻吟丈

晚照缤纷耀目新，酸甜苦辣俱堪珍。
红梅绽向千寒酷，碧玉雕从百苦臻。
胸蕴豪情宽似海，手拈奇句妙如神。
古稀犹沸青春血，再写人生七十春。

步凯公韵咏海棠

葳蕤老树出高墙，漫送心头缕缕香。
寂寞荣宁惊旧梦，苍茫风雨拟新妆。
一壶浊酒双行泪，百转年轮九曲肠。
不效潇湘葬花诔，待将秋色入诗筐。

海棠新咏奉和文朝将军

海棠传讯为催诗，好句琳琅缀玉枝。
蕊在鲜红心上舞，萼从嫩绿梦边滋。
浓妆巧借东风便，淡韵先占西府宜。
依约花仙青眼顾，年年含笑送佳期。

纪念建军90周年敬赋烈士赞，用顶针格以寓回肠荡气之意也

亮剑豪情大似山，山崩海涌忆程艰。
艰辛戎马经残酷，酷烈风雷岂等闲。
闲倚棠霞咏高韵，韵流血火照雄关。
关头仔细勘青史，总在丹心赤胆间。

贺边国政老师六六寿

嘹亮人间大嗓门，青山气概海胸襟。
蝇头小小哈三笑，蜗角轻轻酒一樽。
覆地苍枝输热血，摩天铁笔写良心。
飘然六秩还加六，喜看花开万木春。

千万寒心一热心，茫茫人海幸识君。
水源问道街仍在，槐北分荫路尚存。
冗琐压肩相见少，醍醐灌顶所知深。
少年得月门墙列，惠我薰风暖至今。

最最温馨最最亲，满园桃李径蹊春。
眉萦四海虹霓气，手聚八方锦绣心。
几度云烟山共水，兼程风雨古而今。
曾经诗海难为句，聊把丹忱寄此真。

山问一声赤子心，敢将热血向天询。
小瞧苟且无聊事，大写艰难磊落人。
天地直言和者众，江湖正道谤声频。
桃花潭水深千尺，不比风波文苑深。

格似苍松品似金，仁怀傲骨世中珍。
燃来热焰曾无忌，震去惊雷自有闻。
雅量愧难随大醉，颂歌聊唱侍微醺。
华年六六应多顺，顺水顺风还顺心。

四丑漫像

分刺汪精卫（著有《双照楼诗词》）、王揖唐（著有《今传是楼诗话》）、梁鸿志（著有《爰居阁诗集》）、黄秋岳（著有《花随人圣庵摭忆》）四位汉奸"诗人"。

双照楼头著戏衫，沐猴往事亦非凡。
泼天富贵缩肩接，填海功名曲项衔。
明日黄花更萧瑟，当年青史已庄严。
楚囚歌罢愧慷慨，燕市空留梦一函。

到老科头能削尖，肉麻滋味犯酸甜。
昨非到底今难是，鲜耻原来寡论廉。
媚入昏眸青白换，秃侵枯鬓雪霜兼。
八纮一宇瞻天网，扫叶秋风信手拈。

大好金陵一角蓝，吞天哮犬口中含。
无常精卫已投海，有志伯鸾还堕潭。
靖节声中求阙下，爰居阁上忆江南。
风流梦醒彩云散，作茧依然自缚蚕。

花随人圣斗红颜，簃下聆风困欲关。
秋岳黄深终蔽日，春江碧透不藏奸。
繁枝事业劫灰在，绝艳声名清白删。
难写幽怀连社稷，须惊歧路叹多弯。

题水晶作品《大展宏图》

一唳破空雄八荒，透明心地广无疆。
扶摇星月添诗料，起落山河列画廊。
翼展金风横碧宇，目凝紫电射清光。
兴来我欲骑云背，也上重霄翩羽张。

瓶醋

鼠标敲来鬼画符，瓶花剪自塑料布。
醋提菜味尚能酸，钱迷心窍疑无路。
总为诗中多媚骨，万言不值一瓶醋。

街头对韵

领导对群众，小姐对先生。
疏通对查处，明朗对朦胧。
上班对下岗，扯淡对吃腥。
雪茄对红杏，拍马对乘龙。
贪官对污吏，硕鼠对蝗虫。
靠山对傍水，摸黑对走红。

观醉八仙拳

出如镇山熊，入似搅水龙。
捷如穿林燕，矫似扑天鹰。
变幻神莫测，虚实各相生。
心中明如镜，脚下系准绳。
似醉亦非醉，欲擒宜故纵。
洞宾偃如松，钟离摇身动。
果老慢驴驮，铁拐晃肩碰。
仙姑荷伞飘，采和花篮送。
国舅檀调起，湘子清音赠。
前仄后还倾，左撞右还冲。
遮挡自逍遥，招数有无中。
若无磐石志，安得练奇功。
羡君八仙醉，武林称俊英。

庄稼夫妻

庄稼夫妻恩爱深，多少甜蜜与温馨。
哥像前面走银针，妹像红线随后跟。
针连线来线连针，二人共绣一颗心。
土命鸳鸯情意真，多少黎明与黄昏。
漫坡葛藤一条根，韭菜久来芹菜亲。
汗水浇出满园春，黄土笑着变成金。

怀念一个好人

把悲哀笑得很美，把苦难说得轻松。
大地在微微颤动，仿佛在苦苦伤痛。
他像安详的核桃，做着秋天的圆梦。
迈过时间的门槛，向着另一片天空。
只把头发留下来，变成河畔的青松。
只把心脏留下来，变成家乡的星星。
单纯透明的泪水，涌出人们的眼睛。
湮没很多纪念碑，定格很多真感情。
手举纸扎的怀念，目光变得很朦胧。
大理石上显波纹，历史心波在颤动……

珍珠是贝的眼泪

别埋怨那些尖刺，既然你喜爱玫瑰。
别埋怨那些沙砾，既然你寻找珠贝。
玫瑰是刺的微笑，珍珠是贝的眼泪。
由于欢乐才芬芳，由于痛苦才珍贵。
只要爱过就是福，只要梦过就是美。
不因尖刺而忏悔，不因沙砾而惭愧。

切尔西歌

2006年8月26日《北京晨报》载，英国步兵军团19岁士兵切尔西在开赴伊拉克之前割腕自杀，临终对母亲说："我不能去那儿朝小孩子开枪。"感其慈心，悲而有赋。

漫天沉痛自英伦，锡吾一诔足伤心。
人间有爱成壮曲，天下几人能识君？
照夜寒光烛四海，遗言回响金石音。
道是良心煎熬苦，宁可自杀不杀人。
拼将满腔沸腾血，染个鲜红滚烫春。
孤魂寂寂归冥府，阎罗顿首捧金樽。
冷魄幽幽达天堂，耶稣含泪诵阿门。
人间天上任驰骋，慎是中东且莫临。
愁随底格里斯水，恨系耶路撒冷云。
可怜弱肉下刀俎，相争豺兕却成群。
锯牙钩爪由垄断，枪下别有自由神。
火把熊熊如令箭，铁蹄踏踏罹梦陈。
民主胭脂博爱粉，普天何处诉悲辛。
生命掷成惊叹号，雷霆滚过地球村。
斯人憔悴莹如玉，此心零落散芳芬。
风犹怒号雨颇烈，万壑悲松发清吟……

行行歌

行行重行行，坎坎复坷坷。

平平还仄仄，颠颠又簸簸。

坎坷行路难，风尘一路歌。

仰天发长啸，一啸一困惑。

低头思往事，一思一呜咽。

伤心不平等，遗恨诸条约。

条约一页页，页页似刀切。

国土一块块，一块块宰割。

五彩多少梦，总被土压着。

胸中多少火，都在硬憋着。

骨中多少钙，还在死撑着。

热泪没淌完，碧血没冷却。

洒出多少爱，东方才红了。

拨拉开霜雪，黄河翻身了。

扑闪开眉睫，昆仑苏醒了。

中华站起来，甩腿伸胳膊。

跃跃试身手，雄心正蓬勃。

讵料天难测，风云忽变色。

忽晴忽又阴，忽冷忽又热。

身板还单薄，心地太纯洁。

脚下一趔趄，前途又曲折。

阴风起青萍，鬼火忽明灭。

起舞弄清影，魔影乱摇曳。

发言打磕巴，样板学扭捏。

幸有鲁阳戟，一挥清碧落。

长城脱缰来，一驰如电掣。

长江挥拳头，万里齐踊跃。

走进新时代，揖别旧岁月。

春光铺锦绣，春花展笑靥。

红日仍灿烂，蓝图已隐约。

圆的曾经缺，离的盼能合。

香港把家还，澳门也回了。

倚门望台澎，不能再漂泊。

华夏青春在，神州赤子多。

眼里蒙太奇，梦中清平乐。

我们的队伍，队伍我们的。

管它地雷阵，还是绊马索。

不惧啥子鬼，不信啥子邪。

好大一双脚，迈步从头越……

访刘征

十月廿日天气晴，我去芳星访刘征。

刘征居高声益隆，高处华堂二十层。

层云不畏遮望眼，乐在书斋战恶风。

寻章觅句小鲜耳，煮字熬灯妙手烹。

纸上能奔千里马，身边相伴万年青。

感时常恨真情贱，怀旧还忧大道轻。

老来筋骨硬如铁，最怕官场把腰躬。

皱褶添来成风景，回眸一笑百美生。

生是晚生又门生，私淑当年沐《春风》。

刘征看我夸年少，我看刘征正年轻。

胸中烈焰犹无忌，笔底惊涛却未平。

红尘有爱堪热吻，白发一染又回青。

刘征呼我为诗友，我送刘征诗一首。

秀才人情纸半张，半张权作一壶酒。

酒不醉人诗自醉，落笔漫洒沧桑泪。

天无公道人有脸，诗有良心笔无愧。

墨吏登天权做梯，款爷掷地钱如雨。

狙公衣冠称大人，世披靡矣扶难起。

历劫犹存诗格雄，梦来倚天屠大龙。

把酒敢骂石壕吏，出门不惹丽人行。

砚海鸣雷情似涛，画虎居中起风骚。

心花一枝香四海，心烛一盏照天烧。

一窗云月知情愫，我今一见真如故。

人生漫漫如长路，自兹难忘片时晤。

临别送我《寓言诗》，一字一句早熟悉。

口不停诵手难释，一路高吟人笑痴。

闲乘月时闲看花，将进酒还将进茶。

明朝若许雷门过，还敲布鼓到君家。

续泉名兄咏金缕梅

深山方可逢，逢者未须识。

细瓣淡如情，无改黄金色。

觞咏忘红尘，摇曳春风侧。

缕缕飘相思，暖暖成永忆。

境幽厌俗人，欲语忽然默。

本事诗

37岁参加《中华诗词》"青春诗会",实则需删两岁,方合入选规定。耿耿于怀,感而有赋。

缪斯厚惠加青眼,许我青春再二年。
袖出慷慨黄金剪,检点流光任意删。
严慈失谐多风浪,离婚一语潜悲酸。
蝈蝈曾慰儿时泪,绕梁童趣不忍捐。
少年维特多愁怨,多梦时节结诗缘。
叶芝萨特勤风雅,苦吟日子至今甜。
鸿都风雨喋血夜,象牙塔里噩梦连。
菁菁校园滋永忆,留待汗青仔细看。
浪迹京华为生计,贫贱夫妻百事烦。
少陵也忧柴米贵,清白日子对苍天。
生涯岁岁均难舍,何堪剪却付尘寰。
狂来剑向西天指,不许东君再落山。
从今知取惜新岁,平凡光阴莫等闲。
每秒响作霹雳吼,每秒开作春花鲜。
欲回扁舟向人海,惊涛笔下起波澜。
弄潮不甘输弟妹,跃马应是著先鞭。
千帆竞发风鹏举,狐鼠阵中拼几番。
豪情燃沸胸中血,我以我爱荐轩辕。

兰亭群贤歌

兰亭遥想惠风畅，亹亹曲水忆流觞。
骋怀游目群贤聚，气清天朗好风光。
司徒谢安飘然至，褰裳翩翩翼轻航。
醇醪入口麝兰馥，自谓安复觉彭殇。
司马孙绰春台立，高咏云藻落华章。
忘味时甘自陶醉，吟啸声自有奇香。
参军丰之秉素志，临风玉树掇兰芳。
朱颜舒似鲜葩秀，丰姿绰约白云乡。
前余姚令幽踪觅，期山期水九曲肠。
茫茫大造心胸矗，连峰万籁入诗囊。
跣足驾言凝之走，逍遥濠津看浪庄。
熙怡清淳绕和气，冥心真寄小清狂。
肃之神怡颇好静，彬之性淡欣时康。
徽之散怀寄归目，峤之拈花笑眉扬。
郗昙端坐兴远想，曹华脱屣眺苍茫。
林荣其郁青叶茁，浪激其隈渌波长。
四十余子吭高韵，载兴载怀奏春光。
兴酣更有右军笔，搦管抡才廿八行。
三百余言龙蛇舞，蚕纸千载挹遗芳。
永和九年三月忆，一瞬汗青驻辉煌。
历史老人额头上，墨花闪烁似徽章。
王侯将相朽无数，兰亭至今放光芒。
"春晚"听唱《兰亭序》，"周董"又谱流行腔。
今之视昔薪火旺，后之视今薪火长。
兰亭群贤歌一曲，青山巍巍水汤汤。

白洋淀二十行

惚兮微笑恍兮惊，坐来清兴一帆轻。

满天绮梦联翩涌，万缕柔情次第生。

悦耳但容鸟睡醒，赏心正是莲初萌。

荡漾鹅黄吹柳梦，依稀鸭绿泛桃红。

菰米萦纤青青茎，菱花点缀淡淡星。

好句成时风敲磬，文思巧处雨霖铃。

静后尘思碧波静，心远无妨闭塞听。

闲游休话污染重，为免公仆动嗔容。

诗人潇洒吟风景，赞歌唱上九霄重。

艳阳高照花弄影，上林咫尺是仙踪……

戊戌海棠歌

心清毋计香多寡，情重何须手八叉。

独占春风矜国艳，催诗最爱海棠花。

海棠开处有仙人，麈尾漫摇天下春。

喜鹊攀枝青鸟聚，烟霞隔断世间尘。

怜渠春睡放声轻，今日逢花莫抒情。

入世已拼愁似海，逃禅不借隐为名。

【注】

按照戊戌海棠雅集的约定，最后两句所嵌为叶嘉莹先生的作品。

词部

捣练子·首都机场归去来

　　心好大，梦真圆。万里天涯指日还。平步青云飞一霎，立身仍是在人寰。

长相思·别

　　酒一推，手一挥，烟雨前程几度催。花开花又飞。　　泪也垂，梦也随，唇上薄愁镜里眉，春风唤不回。

钗头凤·红杏

　　风霜少，阳光好，闹春红杏花开早。酣酣睡，悠悠醉，酒般情韵，蜜般滋味，媚，媚，媚。　　莺相扰，蜂相搅，绕枝争把相思吵。棋能对，琴能配，心间温暖，眼中高贵。最，最，最。

鹧鸪天·胡萝卜小唱

　　性淡心清滋味平，红颜仍似火般呈。叶肥未必攀高干，根硬缘由入底层。　　风岂惧，雨何惊，从来大地寄深情。身家不共人参比，一愿萦怀在众生。

点绛唇·词绎美国诗人狄金森《缘》

一刻相思，犹嫌太久熬不起。爱神还是，不在良缘内。　　万载追寻，瞬息差堪比。如何你，恰能随抵，甜蜜如期兑。

鹧鸪天·行邯郸道上忆《枕中记》

吕祖而今安在哉，邯郸道上我初来。黄粱梦稳悠悠枕，古径花繁慢慢开。　　人世界，舞一台。幸留佳兴入吟怀。或圆或扁出明月，随辣随甜浮大白。

生查子·新源里寻聂绀弩故居

忆斯憔悴人，寂寞谁曾共。闻道散宜生，樗老终无用。　　柳萦淡淡愁，菊绕酸酸梦。黄叶满街飞，犹似吁沉重。

铁窗寒似冰，却看奇才纵。冷箭破空来，偏向吟心送。　　鸟人假或真？鸟事轻耶重？一笑老华年，一问沧桑痛。

添声杨柳枝·听雨

分付沧桑各自闲，却难眠。窗前乱抖水晶帘，性颇顽。　　脉脉念中听雨脚，倚危栏。两三行泪落樽前，有情缠。

檐底滴答一曲歌，舞婆娑。万千块垒小消磨，点清荷。　　透亮透明如此我，聚愁多。奈何平地卷横波，叹滂沱。

门外依稀走洛神，鼓瑶琴。微茫倩影辨清音，认非真。　　小恙竹床常易幻，况春深。玉珠连串点诗心，散芳芬。

遍地风流破寂寥，涌惊潮。人间有爱到天桥，画船摇。　　仙阙料应甜似蜜，瑞香飘。酒须成醉醉须浇，且悄悄。

行香子·题张仲景祠

药草轻摇，香雾轻飘。看廊前，碑记勋劳。岐黄手妙，二竖能逃。赞针儿巧，方儿好，病儿消。　　爱洒人寰，春续风骚，到而今，身价翻娇。慈眉泥塑，善目金描。已神般玄，仙般远，圣般高。

卜算子·那爱

总是在奔波，总是求温饱。总是风霜雨雪多，总是真情少。　　那梦美如花，那爱青如草。那朵卿云渡彩虹，那点阳光好。

临江仙·朦胧诗

记得当时年纪小，春风杨柳青青。朦胧诗热号流行。莽原冰雪化，几树早莺鸣。　　憾是顾城魂已断，光阴催老舒婷。一帘明月印中庭。双桅船渐远，黄叶叹飘零。

确是当时年纪小，一襟剪柳春风。新书在手爱朦胧。绵绵醇似酒，酣醉小诗童。　　黑夜流传黑眼睛，激流岛梦成空。青山无改水流东。弦终人未散，后浪向前冲。

临江仙·咏雪用空林子女士韵

沧海曾经难再水，云头郁气凝冰。清凉世界却柔情。梦如花朵朵，其实不零丁。　　阅尽苍茫归淡定，随缘停处来停。飘然揖别那天庭。万千心事重，化作一身轻。

玉楼春·怀念韩梅村先生

留下春风情一片，万壑千岩都洒遍。嘉名清似岭头梅，逝影轻如梁上燕。　　梦里依稀开笑面，道是初心终未变。敢将镜月映壶冰，更著云崖飞素练。

眼儿媚·青山下

红紫芳菲是谁家，远看灿如霞。风传春讯，香催诗韵，梦蘗新芽。　　画般挂在青山下，臭美那些花。螽斯儿闹，野蜂儿恋，阳雀儿夸。

【注】
螽斯，蝈蝈。《诗经·螽斯》云："螽斯羽，诜诜兮。宜尔子孙，振振兮。"

好事近·题赵钲老师画猴娃儿

一日探三回，盼得果儿红了。足跂臂伸心痒，看猴娃来了。　　满山秋色在枝头，好梦变甜了。谁把缪斯惊动？笑诗人馋了。

一斛珠·小园即景

摇风画叶，缠绵枝上朦胧月。紫薇藤绕相思结。欲掩柔情、却有幽芳泄。　　蛙歌清脆蝉歌悦，逍遥蝴蝶双双惬。丁香暗里商量说，休顾围栏、共把瓣儿裂。

采桑子·虾

小池独占逍遥趣，亮甲长枪，荷伞云裳，所谓风流水一方。　　平生自有成龙志，心在沧浪，魂系清江，敢挺胸膛向海洋。

盐角儿·咏盐

炎阳亦蔑，飓风亦蔑，其心奇节。多番曝晒，多番苦炼，洁还如雪。　　爱仍咸，情犹切，人间世、三餐难缺。直饶是零星半点，滋味总能分别。

忆江南·玫瑰好

玫瑰好，难得有缘人。尖刺敢将春意护，浓香偏入绮情存。休负一枝真。

玫瑰好，颜色最难描。半绽如诗香袅袅，全开如酒韵陶陶。惟盼晚些凋。

踏莎行·西湖新咏

柳浪歌清，平湖梦软，三潭印月秋波转。是谁负手断桥边，斜肩一把相思伞。　　浅笑甜甜，深情款款，晴光潋滟熏风暖。荷花香里画船轻，烟堤送得云天远。

踏莎行·阿育提亚遗址怀古

老树凝愁，斜阳兴叹。残垣断壁沧桑辨。依稀故事又眉前，圆明风景他乡现。　　赤塔无言，白云有怨。陈年积恨如何算。哀歌缕缕绕人飞，悲风搅得心头乱。

【注】

阿育提亚府作为泰国大成时代的首都，自 1350 年兴起，至 1767 年遭缅军焚毁，现只剩下部份遗迹供人瞻仰。该遗址已被列为"世界遗产"。2012 年 1 月 5 日到此访问。伫立多时，感而有赋。

减字木兰花·那颗心

甜甜秘密，悬在胸中如蜜橘。思念金黄，染梦春风为底忙。　　温柔听惯，玉朵琼芽眉上绽。情热难禁，悄悄掀开那颗心。

木兰花·小感慨

圈中玄妙终难悟，谁叹途穷悲日暮。艳唇尝作孟婆汤，媚骨裁成花样布。　　青春终被青蚨误，望断登徒云外路。葫芦依样百般描，嚼蜡万言啥用处？

醉花阴·偏偏某

记得纤纤温暖手：往事如烟走。绿色那心情，一路萌芽、缠上青青柳。　　大千世界偏偏某，种我相思久。愈老愈芳醇，流在胸间、酿作陈年酒。

鹧鸪天·那枝莲

瓣瓣心香聚有缘，喧哗人海那枝莲。节长节短丝长在，花谢花开情自牵。　　青仄仄，粉团团。常从烟雨忆田田。秋波春水随时运，荡荡风云淡淡看。

浣溪沙·叹

粉墨台前几度装，气蒸云梦甩高腔。笑来一
酹问苍茫。　　滚滚流言来似箭，尖尖纤笔去如
枪，匣中寒剑却成伤。

好事近·望庐山瀑布

寂寞望多时，约比唐朝都久。直下飞流千
尺，倒陈年醇酒。　　欲摹太白老诗情，意象却
还有。依旧前川萦梦，任骚人胡吼。

鹧鸪天·一串红

一串红，为唇形科草本花卉。花期长，且不易凋谢。拙荆极
爱此花，每年栽种。

默默窗前绽笑容，几番风雨色尤浓。串来唇
畔温柔火，挂向心头灿烂虹。　　香淡淡，瓣重
重。绛珠前世忆曾逢。寻诗惯看群芳谱，未见鲜
妍与此同。

临江仙·捡星星

幼年做梦，鼾打雷鸣，震星乱堕，今犹记之。

　　曾记当时年纪小，红鲜黄嫩青萌。香香鼾打作雷鸣，震天胡乱抖，遍地捡星星。　　软似草莓甜似枣，醒来说与娘听。至今慈训耳边萦，生涯非是梦，梦破不需惊。

鹧鸪天·陕西巷见赛二爷旧迹

　　刀剑丛中艳艳春，卿卿帐暖睡亲亲。大清累累危如卵，小巷幽幽赖此裙。　　情似水，梦如尘，真真假假了无痕。汹汹八国联军远，袅袅风流一片云。

水调歌头·光的赞歌用艾青先生旧题

　　疾似慧星闪，闪闪到身旁。扫完眸内阴影，君是我之光。小到青春红豆，大到洪荒宇宙，均耀此毫芒。璀璨映云水，明亮照诗囊。　　晚风爽，清月朗，赋高唐。且吟且赏，常使宵梦舞骄阳。相遇醇如杯酒，相念绵如烟柳，喜气总眉扬。从此人生路，不叹夜长长。

忆秦娥·蕙的风用汪静之先生旧题

开花未？推杯试问门前蕙。门前蕙，苞儿已醒，瓣儿还睡。 梢头月色调金穗，风前碧叶添娇媚。添娇媚，醉时似舞，舞时如醉。

临江仙·鲁迅

记得当时年纪小，居然牛气蒸蒸。笑嘲鲁迅我曾经。说他生且硬，文字冷如冰。 碰壁沧桑今始懂，先生毕竟先生。光阴换尽旧峥嵘。朝花还艳艳，野草又青青。

鹧鸪天·咏春——丙戌感事

一怒雷霆大地苏，长拳先向墨云舒。风狂能扫霜挪脚，日暖难容雪塞途。 红起舞，绿惊呼，缤纷浮世蓦然殊。误吟春似乖乖女，起手原来大丈夫。

玉连环影·两只黄鹂

别走，真似多情手。牵住离人，塘畔婀娜柳。 唱来愁，舞来柔，心是两只黄鹂，在枝头。

卜算子·雁

热血写春秋，不坠凌霄志。留下铿锵一片情，大宇排人字。　　心寄水云清，梦比星空美。偶忆风雷万里程，气象惟宏伟。

鹧鸪天·慰诗友丧妻之痛

寥落黄花热泪含，多情红豆带愁圆。举杯孤影邀孤月，孤月弯弯似问天。　　青杏子，我心悬。与君千里共辛酸。人间堪叹相思苦，况是相思到九泉。

踏莎行·赞刘伦堂

漫漫香飘，悠悠暖送。党员群众休戚共。百家忧患系心头，双肩担起千钧重。　　这缕真情，那些感动。金声玉振楷模颂。春风染去万山青，丹心写向中国梦。

卜算子·与诗友聚饮农展馆南里"麻辣诱惑"店

酒美且倾杯，笔辣欣无恙。入得红尘滋味多，胸有豪情壮。　　李杜到吾曹，或笑书生妄。千古风流一脉牵，一脉诗心烫。

水调歌头·词绎爱尔兰诗人叶芝《当你老了》

待到青春老，倦卧火炉旁。翻开今日诗册，相信有沉香。别个迷君俏丽，别个夸君妙趣，假笑或佯狂。唯是我心苦，苦恋到斜阳。　　圣魂洁，皱纹美，此情长。人间烟火，姑且平淡看沧桑。流水哗哗离去，岁月匆匆飞逝，浮世确无常。君似星儿照，永耀在心房。

调笑令·夜深

沉睡，沉睡，梦里神州都醉。只留醒月如眸，渔火江枫对愁。愁对，愁对，薤露珠珠是泪。　　今夜，今夜，冷月当头狂泻。风来紧掩家门，门外蓦然雪纷。纷雪，纷雪，片片新愁如铁。

鹧鸪天·过曹妃甸湿地公园

莽莽蒹葭系碧秋，竹台木栈韵悠悠。鸟儿名姓多难识，亦向诗人点点头。　　青草野，野花羞，翩跹蝴蝶小风流。潺湲一路难眠水，漫送心头不系舟。

霜天晓角·昌黎黄金海岸观浪

柔似轻纱。那顽皮浪花。扯地牵天拍岸，轻一滚，笑声："哗……"   风来说个佳。雨来还美些。万顷波涛齐唤："归去也，海天涯。"

蝶恋花·春雨的路

不教春光风雪阻，紫燕来驮，万里相思旅。凄断长天歌未苦，旄头直向云头竖。   滚滚惊雷挝壮鼓。冻土眉舒，喜沐甜甜雨。草梦回青花梦舞，诗飞遍地迷人句。

鹧鸪天·哀老舍

忍把珍珠换泪珠，悲歌一曲太平湖。风如有感风应怒，玉本无瑕玉却污。   天已病，尔何辜，横眉谁敢为君呼。人间千古伤心事，板荡常磨大丈夫。

沁园春·南阳府衙有感

衙署森严，日月轮回，世态转圜。望青砖地上，列如重律；苍苔檐下，积似沉冤。霜染忧丝，风飘恨絮，百姓当年此见官。临斯地，叹皇权气派，黔首艰难。　　尘嚣今又纷繁，人却道堂前佳话传。念刘生①留爱，蒲鞭轻点；羊君②扬誉，鱼木高悬。太守名声，至今夸赞，洁秽谁曾仔细看。何须鲤，换金银再试，若个真焉？

【注】

① 刘生：指汉南阳太守刘宽，传说他用轻柔的蒲鞭作为处罚过失的工具，以示仁爱。

② 羊君：指汉南阳太守羊续。有一次府丞献给羊续一条活鱼，羊续不好当面拒绝，便"受而悬于庭"。后府丞再次进献，羊续便将枯鱼指给府丞观看，府丞惭愧而退。今南阳府衙二门檐下，仍悬木鱼。

鹧鸪天·国魂

绿水青山展笑容，文明古国沐东风。荡开脚下团团雾，升起胸中灿灿虹。　　心与共，爱相融，和谐民主正春浓。富强梦里中华美，万里云程看玉龙。

瑞雪飘然好梦悠，鲜花笑着染神州。一池净水说平等，百鸟欢歌唱自由。　　经凛冽，耀春秋，公心正气走风流。昂然法治层楼矗，耸入云霄最上头。

爱国公民举世夸，弦歌声里海天涯。立身诚信莹如玉，敬业德高美似霞。　　情吐蕊，爱抽芽，勤劳友善好人家。千江春水千山月，一路东风遍地花。

【注】

应王森导演约为央视专题片《国魂》所制结束词（后未采用），嵌入核心价值观24字。笔者任该片文学顾问。

念奴娇·南阳汉画馆赏石刻持花侍女图

芳枝鲜蕊，却碑前图刻，古墓存身。黄土撩开情烂漫，指尖犹带清芬。问唤名谁，难猜姓字，倩影漾天真。唇弯如笑，眉凝又似含颦。　　浮世多少烟云，匆匆日月转，几霎晨昏。忧乐门前飘大梦，牵系汹涌红尘。开落闲花，荣枯芳草，风雨写单纯。明眸春酽，恍兮沉醉清新。

东风第一枝·钓鱼岛

只影飘洋，孤蓬一叶，鲸鲨毕竟当道。帆开万古相思，波萦九州襟抱。云封霾锁，涡漩聚、乱礁喧闹。踏海立、浊水惊潮，挥浪几声狂笑。　　点手唤、钓鱼宝岛。锦绣缀、中华美好。试排铁志城成，待换海天春晓。明霞散绮，一寸寸、深情难老。盼狂飙怒卷长缨，更看五星旗绕。

小重山·乡愁

心上乡愁涌碧澜，流千山万水，已成泉。梦中忽又返家园，双眸湿，醒后总难干。　　独自却凭栏。啼鹃鸣不已，月难圆。相思万缕对谁言。星细看，点点泪珠酸。

清平乐·月桂

千秋万岁，只伴嫦娥醉。每到团圆须仰对，偶辨婆娑仙袂。　　遥思碧叶金花，翻疑风雪交加。今古沧桑遍阅，寒枝斜挂天涯。

谒金门·葫芦提

葫芦好，乖巧老天儿晓。问个模棱飘又渺，一例颠正倒。　　管是名缠利绕，稍带些些烦恼。薄似流云浮似草，应差人即小。

风入松·词绎美国诗人狄金森《致海》

小溪一路尽情流，从此不回头。扬波借问沧溟水，结同心、把臂同游？盼得春潮回信，悠然皓月消愁。　　清澄一脉把君投，揖别小渠沟。阴森晦暗曾多久，只期待、相伴歌讴。不负温柔召唤，难忘慷慨收留……

双雁儿·除夕小记

年年此夜待新年，酒正暖，梦还圆。说如烟却不如烟，路犹长，志未闲。　　水推云转在心田，雾淡淡，雪绵绵。万千红紫有情牵，爆花鞭，震九天。

雨霖铃·聂树斌

还人清白！有惊雷滚、凛冽中国。疑云缭绕残月，偏霾雾锁、阴风斜出。偶尔寒星闪烁、亮些子怜惜。看豆荚、枯眼睁圆，玉米连排列愁密……　心宽叵奈前程窄。更难当、草芥随风掷。苍茫大海成泪，冲不淡、满怀悲戚。一债难偿、一问难平、一痛难息。剩一道、颤栗伤痕，一抹青天黑！

【注】

聂树斌，河北鹿泉人，被控在石家庄西郊玉米地奸杀一女，于 1995 年 4 月 27 日执行死刑。后几经周折，2016 年 12 月 2 日改判无罪。

水调歌头·吴运铎百年祭

甘苦共朝暮，一切献荣光。残躯名利之外，风雨更情长。明月依稀相照，往事不知何处，冷眼叹苍茫。热泪洒寥廓，点点酽清江。　血如淬，身铸剑，骨成钢。金声铎振，明晦清浊漫思量。世态浮沉水镜，人意阴晴云象，感慨系诗肠。百载惊回首，素袂纫兰香。

虞美人·词绎美国诗人狄金森《善念》

悲欢离合人生累，多少红颜毁。若能排解一愁心，酸辣苦甜滋味、愿同斟。　　能帮堕地知更鸟，重返青枝杪。此生亦算不虚行，好梦悠悠安枕、到天明。

石州慢·泰缅边境路祭中国远征军墓

浊浪鸣悲，清露默哀，老树荒草。孤碑寂寞他乡，偶尔桂河凭吊。榕苍花野，袭人阵阵风寒，愁丝万缕心头搅。含涕叹沧桑，有深情萦绕。　　飘渺。水遥山远，尘寰百变，英名难考。此去经年，又是雪泥鸿爪。浅斟轻唱，红男绿女流行，长眠异域谁人晓。忆血战当年，惹凄凉啼鸟。

鹧鸪天·难老泉

指顾沧桑见古泉，泉名难老老何难。空传地母能仙幻，实赖人工续水源。　　如旧梦，幸潺潺，幽然一叹弄波澜。将寻故迹今犹在，憾是华年不复还。

一剪梅·小猪

总是嘻嘻笑小猪。胖也遭嘘，憨亦遭诬，娱人放任俗言粗。不改心愉，不碍筋舒。　　同样生灵地一隅。冷对刀屠，淡看庖厨，谁将悲悯待无辜。此念胸纡，试为君呼。

渔家傲·窗外寒风吹绿梦

窗外寒风吹绿梦，苍苍散作弥天痛。苦雪严霜相递送，情何用，情缘小小人言重。　　摩诘借来红豆种，千秋传诵终作哄。百丈相思排浪涌，情难懂，情殇点点心头捧。

锦缠道·酒

玉液晶莹，纳尽世间滋味。忆青莲、月邀同醉。古来贤圣杯中会。酿梦时浇，奠旧江滨酽。　　伴阳关柳新，驿亭云晦。数醺醺、几多心碎。小牧童、剩杏花村内。手儿遥指，一梦千秋岁。

玉蝴蝶·春似酒

春似酒，漫坡流，小花微眯眸。大地软如绸，冰融土亦柔。　　乌雷吼，青云抖，乡梦绿油油。酸曲绕枝头，醉醺醺铁牛。

忆王孙·雷

听风听雨草莱惊，一踹云开众目瞠。万丈豪情作鼓鸣。看春醒，天外传来阔笑声。

醉太平·读卞之琳先生《断章》，感悟"你在楼上看风景，看风景人在桥上看你。"

心香欲浮，心歌欲流。小妮尚不知羞，惹浓情恁柔。　　清风一楼，鲜花满头。知时雨贵如油，染春光正稠。

昭君怨·咏珠峰

高矗琼霄万丈，直许群峰仰望。胸内是冰心、是岩心？　　独占风流想象，云雾几重屏障。故事任东猜、任西猜……

减字木兰花·庐山谒陈寅恪墓

天风难撼，遍地芳芬君独占。寂寞萍踪，磊块参差郁郁胸。　　心头热焰，光彩无须顽石嵌。笑傲群峰，云外昂然一老松。

解连环·参观山东新泰光伏发电示范基地

一声惊叹。竟挥云捧日，驭光生电。绘辋川、鲁邑重开，数玉版流辉，锦书呈绚。青野如舟，有圣手、送群帆远。入蒸腾妙境，线递情悠，网传春暖。　　羲和石年互挽。赏藜葵翠滴，菽黍琼灿。把旧愁、且付轻烟，忆桑海浮沉，晦晴轮换。漉酒摅诗，信热土、热能无限。幕徐徐、看山看水，好风绿遍……

【注】
羲和指太阳神，石年为神农氏。互挽指"农光互补"模式。

生查子·兰花草

幽幽独自香，淡淡兰花朵。笻杖却难寻，总被青山锁。　　惯居寒谷深，厌被红尘裹。喧嚷那些风，不改清清我。

鹧鸪天·夜行记

融雪丹心同火明，凌云铁志与松青。花酬一路薰风丽，星洗长河子夜澄。　　骊歌暖，洞箫横。空山击掌有回声。抬头遥指上弦月，那是知音侧耳听。

鹧鸪天·癸巳新正即兴

旭日飘然出海东，无边喜气遍寰中。听儿放炮催春讯，展卷先描杨柳风。　　叶傻绿，蕾羞红，乡情袅袅绕时钟。开门迎取蛇年到，马到明年再庆功。

凛冽寒流东海东，且将热焰驻尘胸。青天湛湛云头月，黄土悠悠花信风。　　解放绿，自由红，呼儿听取警时钟。斩蛇待仗赤霄剑，芒砀回看高祖功。

抛球乐·杂感

白眼纷纷横，恁多总累情。大人妨路窄，小调俟春浓。热血常无忌，惊涛幸未平。

一剪梅·洪泽湖之恋

湖是长淮小酒窝。晴也如歌。雨也如歌。
万千缱绻绕南柯。天也情多，地也情多。　　蛮
触鸡虫一笑呵。醒也烟波，醉也烟波。高家堰上
记曾过。云也婆娑，月也婆娑。

【注】
高家堰为洪泽湖大坝旧称。

遍地锦·野径

瑶台举目彩云边，万仞峰头信步攀。画里翩
然过辋川，山歌一串袅如仙。

采桑子·本意

探头探脑随风荡。叶底偷藏，隐约青黄。
偏惹童年为底忙。　　长竿举向高枝上。一掬阳
光，一串甜香。今日谁知秋水苍。

难忘桑葚陶人醉，片片青葱，串串玲珑。
嫩嫩枝头软软风。　　小村四月真滋味，入眼春
浓，入口甜融。悄把双唇染紫红。

玉树后庭花·何日

多情盼着君归早，水长山邈。云来又见云还，红豆人间少。　　小花偏遇甘霖扰，雨喧风吵。万千心绪无着，月圆相思老。

鹧鸪天·乌蒙路上

车外群山滚绣球，那花那草那风流。乌蒙曾走泥丸壮，红日今弹锦瑟柔。　　蓝湛湛，绿油油，白墙青瓦数新楼。分开苗岭成高速，一路弦歌云上头。

菩萨蛮·冬过青海湖

经幡斑驳迎风送，柔情万顷惊成冻。昨夜梦留痕，冰波几缕纹。　　白山昏更睡，青海咸成泪。举首暮云愁，回眸雪满头。

喝火令·促织

缺月攀枯柳，寒辉似水流。百年青史一回眸。往事数来如梦，几段小闲愁。　　长夜凝成露，浮生渐入秋。菊花开罢瓣难收。促织苍凉，促织亦温柔。促织浅吟低唱，萧瑟却心头。

声声慢·乌坎河的诉说

悠悠百转，脉脉流深，当年汩汩凝碧。何故惊涛澒涌，浪飞潮立？浓云漫天泼墨，更交加、雨狂风急。土欲挡，水思奔，此况怎生将息？　　衷曲幽幽倾诉，寒骤至、雷电几番相激。上善温柔，却又管弦难默。铮鏦放歌一路，导时疏、堵来偏溢。载则起，覆则毁，舟者谨识。

【注】

乌坎河为流经广东省陆丰市乌坎村的一条河流。2011年岁末，发生在当地的群众集体诉求事件以和谐方式解决。

青门引·访泰国大成府"百万玩具博物馆"，时在辛卯年腊月廿八日。

举步悠悠进，微笑比春风润。庭轩静寂弭红尘，萨娃迪卡，似有梦相认。　　流年易逝人生迅，率性终难泯。鬓霜瞬转青墨，忘年一朵甜甜吻。

【注】

萨娃迪卡，是泰国语"你好"的意思。

蝶恋花·应杏花诗友邀提前遥贺涟源市诗联书画家协会第五届全体会员代表大会召开

擷得幽燕梅窈窕，心向龙山，遥寄霜枝早。雅韵清音听袅袅，玉阶五叠连云表。　　聚我满堂无俗调，便沐松风，又喜幽兰笑。任是红尘常扰扰，相逢请唱阳光好。

洞仙歌·面朝大海

面朝大海，唱花开消息。月荡星摇浪飞白。怒风来，隐约惊动蛟龙。云雾渺，鳞甲犹皴赤色。　　万年苍茫界，千里波澜，蟹将虾兵岂容寂？斗杓试汪洋，众口喧哗。心还似、海天澄碧。但一笑、群鼾骤醒来。正唤起春潮，向青空拍。

最高楼·村南旧事

回眸望，童话土中埋。都是小呆呆。珠珠酸泪甜甜笑，些些闲事挂心怀。草犹淘，花更野，树还乖。　　那朵美，春风曾等待。这畦梦，阳光来灌溉。深浅爱，列成排。如烟岁月飘然远，斜风细雨印苍苔。路仍长，题未解，谜难猜。

御街行·本意

霓虹笼雾长安道，却便似、骊歌绕。砖沙林里玉楼高，孤月弯弯斜照。萧骚苍发，独孤清影，空惹寒蛩诮。　　千头万绪心头扫，破碎梦、任风搅。翩翩人去遽难寻，回味清欢如秒。相思炭冷，燃来难热，青鸟声声杳。

八声甘州·词绎美国诗人艾伦·金斯伯格《泪》

任行行酸泪洒长空，日夜放悲声。叹巴哈凄紧，沃街惆怅，寥落平生。苒苒青枝半老，时序蓦然更。唯有无心朵，独自娉婷。　　多彩多姿多福，数人间甜蜜，大地安宁。问骚人心迹，何故苦愁萦？锁双眉，拊膺涕泣，恸上苍，悒郁总难晴。凝眸处、帕城风雨，步步心惊！

【注】
巴哈，又译巴赫，德国作曲家。沃街，指西雅图沃布利大街。帕城，即帕特逊城，诗人的故乡。

钗头凤·和凯公词

香盈袖，箫韶奏，踏虹追梦云扉叩。山河对，风骚配，织天孙锦，染晴霞蔚。美！美！美！　　推心友，浇诗酒，古来佳句多随口。黔黎贵，素怀内，吟千秋韵，写人间味。醉！醉！醉！

鹧鸪天·正山堂雅聚拈茅韵

风卷浮名似卷茅，百年心事海门潮。欲拵皎皎冰轮月，还挂苍苍构树梢。　　闲过往，懒推敲。正山小种共逍遥。炎凉人世成诗料，大梦旁边手一抄。

玉楼春·咏迦陵海棠呈叶嘉莹先生

西府年年花有信，移向迦陵无俗韵。清姿偏惹众芳羞，更有弦歌骚雅近。　　的的春娇娇且嫩，染取春光如许润。一枝容我借春风，种上心头春不尽。

仓央嘉措情歌新绎

一、采桑子

坐看静夜升明月。月上东山，月上西山，袅袅清辉淡淡烟。　时藏时现伊人面。锁在眉间，锁在心间，缕缕柔情脉脉牵。

二、采桑子

去年一树苗青翠，才醉春风，却又秋风，枯槁而今类转蓬。　果然岁月催人老，前日豪雄，今日龙钟，空剩衰腰弯似弓。

三、卜算子

天涯有梦遥，遥梦情无限。无限天涯一路情，一路情相伴。　奇珍出海陬，异宝华光粲。但有伊人一颗心，纵使千金换。

四、一落索

记得当年初见，美如花绽。一番情惹一番痴，撩得心儿乱。　宝石晶莹光灿，人夸人羡。是谁随手弃荒滩，终再无缘见……

五、忆江南

多少美，一瞥绣帘中。此后金枝摇绮梦，当时星眼照花容。禁果挂秋风。

六、忆江南

难眠也，偶遇在红尘。不解缠绵伤陌路，可怜思念费精神。长夜断肠人。

七、菩萨蛮

人间毕竟春光短，门前空看春风远。花落总无由，蜂儿未必愁。　　情缠如乱絮，缘尽花飞去。休问几多伤，心留一段香。

踏莎行·香港回归廿年感怀

丹桂传香，紫荆焕彩，明珠熠熠还沧海。香江水暖似情流，千回百转丹忱在。　　丝路扬旌，锦帆奏凯。初心灿灿终无改。长风浩荡大旗振，云雷万里潮澎湃。

清澍甘深，熙阳暖透，四时花醉香盈袖。维湾水拍太平山，风情更约黄昏后。　　旺角阴晴，中环左右，偶沾风雨休眉皱。彩虹犹自衬青蓝，澄辉不染些些垢。

举首遥瞻，凝眸小伫，廿年平仄风云路。锦丝绣缕绮霞明，携将山水春分付。　　花趁芳年，歌当妙处。惜时肯把韶光误。来兮今我恰逢辰，依然杨柳青青去。

齐天乐·洪泽湖观荷

望中袅袅青云举，团团下凡仙侣。绰约姿容，娉婷步态，道是红荷吹雾。风携细雨，忆茂叔多才，笔挥奇句。外直中通，洒千秋翠绿情绪。　　今来偶喜妙遇，与莲还接续，相约怀古。影淡濡诗，香清画梦，漫解亭亭中趣。心如白鹭，欲浅涉沧波，默停云步。永驻湖乡，伴清圆共舞。

水调歌头·景泰川电力提灌工程第一泵站印象

探岭走虹管，举臂汲沧波。青云舒卷，闲水移步跃高坡。笑看奔腾金浪，喜化醇香美酿，百丈汇天河。漫舞花仙子，绿袂影婆娑。　牵清澈，输甘冽，送欢歌。葱茏山色，玉笪箩里一青螺。招手滩头鸥鹭，共我云间漫步，甜蜜涌心窝。衔醉寻诗久，拾句此间多。

水调歌头·为邢台大贤村洪灾遇难孩童而哭

一水凶如虎，一怒滚狂涛。一惊寒梦，一崩堤岸裂危巢。一串银铃笑语，一页金黄童话，一霎付滔滔。一掬伤心泪，一泛恶潮高。　雨叹息，风呜咽，世悲号。穹苍在上，忍看任性折新苗。开出几枝花朵，举着春光奔走，叠影眼前飘。谁把倚天剑，横扫瘴云消？

鹧鸪天·苗寨纪事

访黔东南州鲤鱼寨苗家，主人大嫂换新裙、挂银饰才出门待客，说是"为了合影时漂亮些"。

红是杨梅金是瓜，绿阴深处访苗家。才呼大嫂您还好？忽掩房门帘更遮。　银饰鬓，脸飞霞，新衣换罢奉新茶。"客人合影须靓女"，一笑催开满院花。

摊破浣溪沙·题弥陀寺卧佛堂

胜地苍凉梵呗天，心头半亩种青莲。懒看鸡虫斗蜗角，且酣眠。　　枕臂闲丝随寂静，攒眉幽梦自清圆。谁渡劫波千百苦，我为船。

满庭芳·访西峡恐龙遗迹园观恐龙蛋

隧道幽幽，酣酣清梦，蛋从太古而来。零星陈痛，黄土掩悲哀。遥想生离死别，料曾也春暖花开。沧桑幻，斑青纹褐，壳上费疑猜。　　时乖。天地覆，身遭白垩，甲溃鳞埋。叹龙魂，沉沦久蛰尘埃。远举高飞壮志，均化作石泪空排。瞻遗迹，忧思几缕，万载一声唉。

天仙子·初雪

谁把闲愁门外砌，不请偏从天外至。送愁愁去更愁回，情难弭，情难刈。碎似琉璃堆满地。　　划地西风吹未已，黄叶飘时秋更徙。关雎一卷读从头，心难启，心难闭。愿得明朝寒雪霁。

瑞鹧鸪·青山关远眺

如烟如梦画斑斓，水帘一道性颇顽。借得长风，笔笔添生趣，不教荒原带素颜。　　描来青翠涂金碧，更鸣雅韵潺潺。出岫几朵闲云，点缀多情梦，枕山眠。汹涌黄花到眼前。

南歌子·陌上春

日暖如知己，春香似故人。遍地春风此良辰，静看欣欣万象、醉红尘。　　牵手山花笑，迎眸岸柳新。小虫小草唤亲亲。陌上翛然一个、老天真。

巫山一段云·飘

春作池波漾，心随岸柳摇。梨花素雪照夭桃，陌上绿初高。　　片片思成绪，般般美与娇。年年罨画入风骚，家在梦中飘。

望海潮·韩国济州岛望月

碧波如镜，银滩如砥，琼轮海岛初腾。晶雾散情，疏云笼梦，团团别样光明。拂面晚风轻。看一天寥廓，万里清澄。浪静潮平，珮鸣钗响美人横。　　扁舟点点徐行，载朦胧百感，水上娉婷。那岸老家，今时夜色，缠绵多少愁萦。唤月莫冰凝，画一张笑脸，再踏归程。寄向相思枕畔，缱绻梦中停。

水调歌头·天上王城

奇秀纪王崮，扶梦共跻攀。骖风长啸，果然高处汲清寒。神树乡台灵石，画壁冰宫索道，俯首点尘烟。鼍鼓一声唤，清响散云间。　　古城在，兜鍪冷，变人寰。翛然蜡屐，非复水月旧桃源。堕泪依稀桑海，酹酒兼程家国，青史卷惊澜。一抹灿霞染，石栈入云天。

喝火令·周家庄瞻老社长雷金河像

此地无双地，斯人第一人。吼雷惊醒万家春。难忘两肩风雨，担爱重千斤。　　众手排云路，天堂驻小村。在阳光下忆清芬。听似叮咛，听似笑声殷，听似喟然长叹，系念众乡亲。

踏莎行·赠医

素手回春，丹心送暖。杏林古道华佗返。寒操真有玉兰清，高才不奏桑榆晚。　　大爱绵绵，深情款款。惠风吹得愁眉展。悬来一片玉壶冰，长留名姓芬芳远。

离亭燕·游庐山仙人洞，于暮色苍茫中看劲松

眼底青峰如簇，头上白云相逐。更遣天风狂扑面，又戛寒泉鸣玉。鹄立老松苍，日月眼前轮续。　　诗似一群花鹿，梦醉满山春绿。不见秋冬风雪酷，那管苍茫棋局。百劫任沧桑，万壑缠绵心曲。

临江仙·重读《倚天屠龙记》

曾记当时年纪小，痴迷侠客金庸。豪歌热泪啸东风。凌云挥巨纛，望月弯长弓。　　碧血而今仍火烫，红尘难老英雄。男儿壮志岂雕虫。倚天英气在，仗剑敢屠龙。

西江月·二舅素描

　　偶尔诗词歌赋，平常忙碌辛劳。锄头放下又镰刀，不管发烧感冒。　　好梦愈描愈美，新苗边唱边高。平凡日子比香醪，笑我骚人鼓噪！

相见欢·梅花咏

　　多情曾与流连。忆当年，风雪纠缠，憔悴此红颜。　　攀之险，望之掩，触之寒。独秀尘寰潇洒却艰难。

甘露歌

8月8日夜，听第29届奥运会主题歌《我和你》

　　小小地球村子里，生来"油"与"米"，东树西柯共长成。同历雨和晴。　　域外鸡虫谁个某，番番斗虎狗，万里波涛烟水长。沧海转苍茫。　　深情绝唱惊美妙，有爱唇边绕，清籁似花随梦飘。天地此良宵。

【注】
"油"与"米"，戏译歌名"you and me"。

更漏子·花信风

雾苍苍，潮湃湃，芳讯传来飞快。青万水，碧千峰，艳阳晴正红。　　心有待，春犹在，检点东风豪迈。鲜绿梦，嫩红情，倚松听鹤鸣。

满庭芳·海棠雅集和文朝将军

万朵微醒，百年沉醉，明霞翦翦重芳。缤纷朱紫，衣鬓染清香。欲唤东君驻久，凭谁借、苏子崇光？寻前约，殷勤骚客，秉烛照红妆。　　甘棠流雅韵，洞藏瑞气、池献琼浆。叹扰攘尘霾、莫测炎凉。携手丹青妙境，情深处、蝶影徜徉。东风裛，流觞曲水，萦梦到沧浪。

谢池春·四十初度

愿乘长风，共驾海缰云辔。小乾坤、青锋一试。贲张热血，教蛇豸难避。笑浮生、角蜗闲事。　　光阴不惑，几许红尘游戏。臭皮囊、人寰偶寄。诗书误我，剩脂香油腻。忆青春、两行酸泪。

苏幕遮·海上浮想

去来波，深浅浪，放眼苍茫、浮想连潮涨。心事催舟飞箭样，苦雨飚风、更鼓豪情壮。 释千愁，融万象，日影横流、隐约鲸鲨唱。广袖遥舒云外掌，抱海成杯、畅饮如佳酿。

多丽·山亭遇雨

带云来。带温柔小风来。带些花、千红万紫，带清新画儿来。带雷鸣、天惊地坼。带蛇舞、电去光来。箫鼓齐鸣，丝弦漫奏，盗些天火眼前来。戛金响、涩笙寒笛，山鬼醒过来。沈吟久，长门赋就，有泪飘来。 数连珠，凝眉难解，者番痴念由来。忆南园、浩茫心远。歌北陇、澎湃春来。忍把关雎，替歌卷耳，桃夭翻唱采薇来。染苍碧、一枝杨柳，轻似梦中来。缠绵曲，丝丝缕缕，赚却情来。

生查子·想起台老师

一犟叹锄禾，一笑怜春晓。桃李满园新，相遇东风早。 灯下忆调皮，糗事今难考。未识苦心深，可惜当年小。

十六字令·云

云，龙马玄黄辨未真。清风散，一眼即红尘。

永遇乐·咏龙年邮票

　　怒目巡天，勐须掀地，一片惊叹。大水分波，长风破雾，曾记游霄汉。尘寰悲堕，泥涂苦蛰，蹇运浅滩残喘。呻吟久、灰遮土覆，忍同蟹虾为伴。　　慨慷鳞爪，铿锵肝胆，空赋炎凉哀怨。驭电凌云，扫霾破浪，大志吁腾展。絮烦框架，窄狭尺寸，竟负者番高远。待澎湃、潮催奋起，看桑海变。

醉花阴·词绎美国诗人休斯《生命》

　　生命数来颇美好，偶尔风霜搅。偶尔有忧愁，偶尔欢欣，淡泊还高蹈。　　寻常一道题相考，醒梦应知晓。福祸不由人，开创明天，努力应今早。

武陵春·辛酉春节乘飞机访泰

大雪飘飘风飒飒，北国正寒流。欲使新诗色彩稠，铁翅赴南游。　　追上春光飞速度，顾盼却回眸。万里平添异域愁，那朵梦，故园留。

卜算子·梨花

久厌俗花妍，不见梨花久。一树翩然素淡妆，独抱清香守。　　翘首望家山，还记离人否？心似梨儿味更酸，梦里谁招手？

生查子·呈元洛师

洛老松筠姿，骨格坚金质。知遇南风薰，心拟明霞赤。　　湘水共清澄，岳麓铭高忆。一路好声音，幸在先生侧。

采桑子

重阳日访上杭临江楼，同事樱林花主出题邀赋采桑子，限嵌"岁岁重阳，今又重阳"句并依毛公原韵

小楼小立风云侧，岁岁重阳，今又重阳，我亦黄花欲吐香。　　秋沾襟袖云沾鬓，足踏沧桑，目送汀江，肯与时流较短长。

拜星月慢·三道岭水库有感

落地蟾华，相逢玉镜，眼底横波秀美。静水流深，便瑶池沉醉。铎铃振，绕梦盘旋飞舞，踏浪展翼、凌波鸥似。笑我多情，又狂吟如是。　　叠青澄，润得山苍翠。倾莹澈，溉得人心肺。皂白拟教分明，许银河来洗。叹人寰，恨憾终山积。天阶远，更帝阍难启。嘶唤苦，乱世纷纭，干清波底事！

鹤冲天·那棵芒果树

澄霄碧透，红日燃如火。胖胖小淘气、忙忙躲。密叶堆翡翠，深浅趣，层层裹。偶有风颠簸，玉镶金挂，一树侈奢枝果。　　垂垂欲向人间堕，状似甜蜜锁。多情颗，总锁心无数。还热问，还来么？陌路多坎坷，暹罗孤旅，树下记曾留我。

南乡子·遍地落花

皓月冷如霜，心上悠悠白鸟翔。诗到感秋容易病，微凉，空画家山入梦乡。　　回首转苍茫，颊上潸潸泪两行。遍地落花犹醉我，悲伤，不见多情老地方。

唐多令·菊

雨暂冷时收，霜偏苦处留。任飘零、乱发缠头。剩取孤枝寒叶仄，香渐散，瓣微秋。　　篱畔一凝眸，眉间千叠愁，叹情多、待却还流。不信心花真易冷，风且劲，梦难休。

少年游·老地方

流萤点点缀花枝，长夜串成诗。星眸轻闪，云腰慵懒，弯月拟蛾眉。　　芳华零落青鸟杳，蝴蝶绕人飞。那些故事，某些情绪，飞逝已多时。

桃源忆故人·雨

那年淅沥甜甜雨，陌上飘飘清醑。染绿春风情绪，柔似轻烟缕。　　多情红杏含羞舞，曾放一枝斜举。霁后色消香去，聚向心头驻。

摊破浣溪沙·2012年1月7日刘征老师家赏砚

沉睡青山亿万年，"冰纹""鱼脑"隐其间。萧索韶光已凝玉，待谁看？　　最是天工惊慧眼，终教石砚续奇缘。眼底好诗如燕子，此盘旋。

九张机·小溪情书

静夜乡居，忽然想起诗人王竞成兄《小溪的情书》："多少年只写了一行＼弯弯曲曲寄向海洋。"试以《九张机》演其意。

一张机，绿波荡漾出山居。明眸透亮莹如玉。银铃成串，叮咚弦奏，瓣撒满头归。　　两张机，闻言海若意痴迷。浓情脉脉芳心系。徘徊月下，缠绵花底，一愿为君期。　　三张机，心头朵朵浪花飞。山难阻挡风难止，天涯寻赴，千千歌阕，醒梦两依依。　　四张机，波旋涡转一凝眉。骄阳难照泥淤藕，垂莲易缩，青荷空举，断处看情丝。　　五张机，清灵透亮一行诗。中涵意境无涯际，蔚蓝颜色，涩咸滋味，澎湃在相思。　　六张机，多情自古累心儿。鱼书雁字无由寄，回肠百转，风波万里，只许梦相随。　　七张机，青天可鉴复奚疑。热泪两行流无语。洪波涌浪，几番寻觅，唯盼报君知。　　八张机，些些衷曲总成痴。题中自有伤心处。涓涓滴滴，朦胧奇句，百转漾涟漪。　　九张机，难分苍淼又其谁。就中一脉清清水，吾中有你，同归沧浪，天地到无涯。

祝英台近·过庐山"花径"白居易作诗处

碧青枝，红紫蕊，小径此偷美。满目芳菲，暂放俗名累。清幽岚气随人，润尘心软，且扶杖、寻诗翁履。　　海桑徙。试缘路数枯荣，花犹照欢喜。万里迢迢，春竟躲于此。雨柔风淡云恬，流连沉醉，有无限、多情山水。

阮郎归·遥寄晋州白明京吟丈

念时切切见时希，乡音听手机。心沉沉似絮沾泥，梨花满树时。　　辛集梦，晋州诗。春归人未归。两肩风雨走天涯，路移情不移。

鹧鸪天·祝福田舒菏小朋友

脉脉瑶池立小荷，田田碧叶荡晴波。思挥塞北木兰剑，待咏江南柳絮歌。　　花烂漫，雪婆娑。祥云明月降仙娥。贴心一件红棉袄，爱女长于爱子多。

采桑子·神女峰

依稀神女如慈母，千里叮咛，万里叮咛，风雨人间此处晴。　　朝朝暮暮凝眸子，日也伶仃，月也伶仃，百转柔情次第浓……

彩云洒泪春晖笑，花也牵情，草也牵情，似是欢呼又似迎。　　巫山亲切巫江暖，远处朦胧，近处朦胧，万里温馨九曲萦。

朝中措·老同学

寻来明月小朦胧，流水恨匆匆。执手重寻消息，回眸已改形容。　　橡皮一抹，酸甜擦去，往事随风。云似眉前旧梦，心如井底寒蛩。

滴滴金·三个字

当年明月你和我，三个字、烫如火。缤纷还向梦中飘，叹青春花朵。　　有谁能解眉头锁，心相近、路相左。月老昏昏系红绳，问几时能妥？

诉衷情·心上一枝

芳林红紫好风熏，迎面染青春。迷人百万花闹，只有恁、一枝亲。香不淡，色常新，梦缤纷。未开先盼，未谢先忧，辗转萦魂。

淡黄柳·花开锦萼

花开锦萼，花盏欣欣酌。百叠冰霜劳剪剥。笑看喷红溅绿，弹指春风满丘壑。　　赴花约、浓情固难却。薄寒暖、更须略。看繁花一路开新幕。大片阳光，好些颜色，飞个麻花小雀。

桂枝香·鼓浪屿

古榕摇露。唤琴岛醒来，好风和煦。鼓浪声声漫奏，鹭江轻诉。日光岩挺胸膛立，向苍天、撞开迷雾。碧波潮起，丹阳霞涌，画图如遇。　　念悠悠、流年默数。望缥缈金门，寒暖同步。此际凭高，料亦锁眉齐吁。长桥四四今犹在，恨难虹架东西渡。良辰逢此，蓦然伤感，叹沧桑误。

定风波·曼谷瞻四面佛

泅涌人流似水流，雍容气度压重楼。一座金身呈四面，听见。最是尘寰风雨愁。　千里悲歌来入梦，沉重。何曾丝缕寸心留。飘进轻烟寻不见，空叹。衔些寂寞立街头。

醉太平·印象静思园

寻诗鹤亭，垂虹画迎。静思柔美如藤，令魂牵梦萦。　娟娟一屏，悠悠一庭。庆云舒卷随情，忆风清月明。

水调歌头·为《诗刊》创刊60周年而歌

星斗灿银汉，桂棹溯流光，一帆风雨高挂，湖海泛琼浆。律动青春拍节，漫舞缪斯清影，肝胆照冰霜。洒爱作花籽，种在梦中央。　东总布，农南里，接虎坊。飘然云步，衣袂长纫蕙兰香。有泪由谁而凛？有血由谁而沸？热焰烛心房。总是苍生重，情比大河长。

贺新郎·咏西府海棠和叶嘉莹先生

开谢红尘里。记当时、神瑛有约,绛珠仙泪。过眼荣华云泥隔,一霎崇光明媚。锦绣积、清欢如此。漫道无香苏子恨,想人寰、万事难全耳。花自在,碧墙倚。 名园往事沧浪水。冻云开、轻著胭脂,东风乍起。骚雅棠轩今还集,绿鬓朱颜寄意。但情洒、斑斓红紫。不向荣宁模旧范,涌心潮、新韵缤纷矣。春不老,淡然美。

贺新郎·给战斗者用田间先生旧题

忍看红花歇。总疑为黄沙百战,壮夫之血。来眼仍觉心潮溅,惭愧闲情对月。鼙鼓震,书生如窃,天下兴亡堪负得?怒旗飞,慷慨呼声烈。肠百结,忘难却。 铁蹄曾踏山河裂。猛回眸,风波黄海,炮威枪慑。朝菌蝼蛄蜉蝣辈,似怨啼鹃凄切。虎兕近,豺狼围猎。妖影飘飘魔焰晃。剑气横,脊骨须添铁。眼底湿,心头热。

鹧鸪天·桂林山水歌用贺敬之先生旧题

我来桂林韵转频，飘然一朵逸如云。清清漓水吹吹影，静静穿山掩掩门。　　曾入梦，似通神，春风吹绿小灵魂。凌波浑欲骑虹背，对面相逢天上人。

西江月·贺黄卫根君诗文集付梓

清韵如花烂漫，流年若梦轻盈。好山好水好心情，奋键屏间驰骋。　　留下芬芳记忆，闯开慷慨人生。风清月朗大江横，步步新鲜风景。

渔歌子·沙扬娜拉

骊歌款款梦中飘，热吻幽幽枕畔烧。花正老，月初高，寒光如雪泪如涛。

画堂春·中山公园赏郁金香

花将媚眼看诗人，欢颜偏似含颦。暖风摇曳送芳芬，遍地红唇。　　占得三春美丽，吟来一句清新。郁金妙笔写天真，满面彤云。

浣溪沙·月色清凉似水流

月色清凉似水流，流光蝉蜕乍惊秋。秋风寒叶叠成愁。　　愁绪飘零随雾散，散花萧瑟落枝头。枝头一颤一凝眸。

喝火令·龙门石窟观佛

石化尊尊佛，山留处处伤。窟门开阖费思量。悲喜万千尘梦，斑驳辨沧桑。　　佛脚荣枯草，炉头寂寞香。几行青藓入心房。昨夜春花，昨夜又秋霜，昨夜电奔雷滚，壁上看风光。

江城子·词绎英国诗人艾略特《歌》

月光菊绽洁于霜，蝶徜徉，舞芬芳。春潮汹涌，薄雾罩苍茫。忽有雪枭离桤树，枝若醉，叶如狂。　　卿卿手上亦花香。月清凉，梦悠长。真情却烫，脉脉暖心房。慷慨一枝堪赠否？生命里，永难忘。

【注】
月光菊，一种花名。

青玉案·咏大石桥赠别辽宁友人

回黄转绿光阴倒，岸边一丛芳草。远望鳌眉横晚照。石镌悲泪，水流欢笑。多少风波搅。　　柳边雀鸟声如吵。闻报人间又春晓。阅尽沧桑桥未老。接甘霖美，渡和风袅，留月圆花好。

木兰花·游白银市银凤湖

最爱粼粼银凤美，縠皱满池如梦水。清风穿浪抖龙须，红日浴霞摇凤尾。　　素月澄波堪匹配，洗净铅华轻俗媚。且收晴碧入相思，归去蓟门夸一醉。

青玉案·江岚招饮，为熊东遨先生送别

手机响唤阳光赴，缕缕暖、心头渡。约个天蓝晴朗晤，眼中无雨，眉前无雾，相对澄明处。　　百年不过寻常许，圣手谁能海桑御。缘分珍如荷上露。散时难聚，聚时难固，逝水悠悠去。

忆来犹觉英华咀，淡淡驻、胸中趣。市井红尘能几度，云烟挥洒，珠玑吞吐，一共春风舞。　　南来北往崎岖路，千万人中两三遇。愿伍红梅松竹侣。白云萦梦，青山留步，对酒悠悠许。

蓦山溪·咏珍珠贝

君休怨浪，既欲来寻美。还勿怪尘沙，既然来、搜珠觅贝。涡旋浪转、本自为多情。沧溟水，珍珠泪，久砺成滋味。　天苍月晦，历劫方珍贵。剔透叹浑圆，看初心、晶莹纯粹。一番苦涩，更请惜良缘。喧嚣外，微茫内，有梦悠悠醉。

潇湘夜雨·人赠玫瑰

丽日当头，清香在手，温柔一片春光。茫茫尘海各奔忙。天暖暖，熏风袅袅。花艳艳，流韵长长。偏还有、殷殷嘱托，点点难忘。　红如火焰，亲如微笑，艳似霓裳。更似双唇瓣、甘苦分尝。情恰软，铺来眼底；歌亦美，堆向心房。吩咐著："从今往后，与我共芬芳。"

沁园春·致橡树

铁干云摩，劲挺虬枝，四顾渺茫。叹夭桃粉弄，惧其雨恣；懒搽丹抹，媚彼风狂。头顶阳炎，身罹霜苦，一任斑皮累累伤。君虽树，有男儿气概，赤子情肠。　何曾辜负春光。只摒却平庸俗色香。望青空雷滚，寒潮澎湃；冰原花绽，热韵飞扬。骨耿心刚，脉流血热，怒发冲霄阅大荒。柱天地，共扬眉横剑，笑对沧桑。

水调歌头·咏深圳拓荒牛雕塑

雷火乾坤胆，风雪倒春寒。荆榛丛莽何惧，森凛历尘寰。几度虻蝇咒念，几度狼狐构陷，几度霸王鞭。百里雷池上，心绕九霄旋。　　且移山，且腾海，且开天。长途壮丽，千阕歌引万花繁。好听金蹄轻健，好看星眸明灿，山水展欢颜。画破苍原雪，左右一情牵。

角似斩妖剑，尾似打神鞭。哗哗惊震霹雳，挝鼓醒春眠。蹄下火星点点，头上电光闪闪，旗笋敢为先。故事从新讲，花信与风传。　　虚还实，艰还险，仄还弯。肩扛山岳，遍地风雨走连环。绿柳裙摇款款，紫燕歌飘暖暖，青史涌波澜。埋首闯则个，不用卜苍天。

鹊桥仙·一份爱

黄藤那酒，红酥那手。绿叶青枝那柳。萧萧离绪翥风流。是或否？从无到有。　　看云在走，看星在守，看是松风在吼。霎时欢享霎时愁，一份爱、危栏伫久。

千秋岁·挽陈强老先生

咸珠涩水，点点凄风里。苦雨沐，寒山洗。台前凶相露，台后佳名积。悲喜剧，几番扼腕呼君起。　　南霸天生似，黄世仁曾识。真或假，疑非戏。名伶难谢幕，大梦尤惊世。衙场上，先生角色今成队。

望海潮·白银水川湿地咏怀

莲腮脂冷，蓬头霜渐，秋高毕竟难扶。寒水碧融，晴波縠皱，横斜行看荣枯。清露滚连珠。浊世观净植，犹似当初。真味常鲜，素心依旧、性偏殊。　　金风款步徐徐。有芳芬百亩，醇洌千壶。弦拨醉歌，桥横罨画。一川苍叶眉舒。照影曳裙裾。兴起邀蝴蝶，共访华胥。且喜菱肥藕嫩，祝岁岁丰鱼。

阮郎归·海棠无香

百年西府沛甘霖，风清传素心。悠然佳气涤尘襟，一眸惹梦深。　　惜丽影，慎高吟，怜花春睡沉。猜应心事在山林，懒招蜂蝶寻……

春风袅娜·永泰龟城遐思

忆迢遥丝路，忍泪回眸。桑海换、万千愁。访荒城，点点昔痕犹在，断垣残壁，寒梦淹留。苦酒酸诗，悲笳哀笛，大漠长河衔醉讴。负手微茫自奇句，凝眉多舛一神州。　　难忘驼铃送暖，胡杨弄碧。巨龟舞，曳尾昂头。黄沙立、白云浮。凭高远瞩，思绪悠悠。待借仙泉，旱沙能润。又扛天壤，裂土新修。调风调雨，更遥牵花信，青川绿野，相约重游！

沁园春·劳动最光荣

动地雷奔，鼓震惊天，意气激扬。念巍巍山改，力开坦道；悠悠水转，惊架飞梁。铁浪钢花，煤田油海，汗雨挥来别样香。寻常处，看寻常故事，最不寻常。　　牵来一路春光，数劳动人家幸福长。正歌飞网络，含情传送；画描光谱，载梦通航。足转乾坤，肩担日月，臂挽虹霓慨以慷。新常态，更风流万象，大美辉煌。

浣溪沙·那日穹庐

那日穹庐满目澄，那时颜色似霞明，那行烟柳比云轻。　　那处海棠留梦忆，那些石径转心情。偶然想起笑一声。

沁园春·顺唐巷4号

绕膝温馨，棠棣同枝，莘莘岁华。任鲸波起落，并肩观浪；壶天晴雨，执手烹茶。清白襟怀，光阴静好，笑脸团团绽似花。真风景，围桌边灯下，共话桑麻。　　东风绿染天涯。正一路弦歌闾里夸。有楼头月朗，依依弄影；堂前萱茂，恋恋抽芽。扫去乌云，拨开灰雾，万丈长虹送彩霞。此间乐，看缤纷岁月，烟火人家。

小院葱茏，满室阳光，和合一家。趁桃枝香溢，轻移倩影；椿条雨润，漫吐清芽。甜蜜情怀，人生如许，每寸光阴都是花。趁晴朗，选竹清梧碧，坐下尝瓜。　　牵牛缠满篱笆，说到底、冰霜一任他。数星披月戴，忙时稻粟；天荒地老，闲处烟霞。人海喧嚣，红尘扰攘，莫叹真情薄透纱。童话境，有初心无垢，美玉无瑕。

浪淘沙·丙申海棠雅集和凯公词

烟雨忆嘉兴，一路嶒嵘。排山齐步越新程。最是神州留热恋，毓秀钟灵。　　慷慨发清鸣，万壑松声。风云时代助诗成。为有丹忱酬热土，情寄民生。

浪淘沙·词绎爱尔兰诗人叶芝《抉择》

抉择总艰难，乱绪纷繁。几多缺憾几周全？若果只图安乐享，且去酣眠。　　待到此生完，往事重翻。肯将足迹等闲看？双手空空余困惑，夫复何言。

六州歌头·词绎苏格兰诗人彭斯《杜河岸》

鲜花开遍，两岸正春荣。苍天湛，清风暖，杜河平。鸟争鸣。愁苦唯余我，心儿碎，眉儿锁。身儿冷，歌儿泣，泪儿凝。问雀何由，蹦跳青枝叶，唤友呼朋。却偏偏吵醒，远去那些情。绕梦悲鸣，不堪听。　　念藤萝艳，蔷薇美，多少忆，几番惊！当年我，携君手，岸边行。笑盈盈。百鸟曾来和，唱天籁，似弦鸣。云叆叇，风曼舞，若为盟。手摘玫瑰香艳，而今却香散红更。只行人此处，空剩刺伶仃，酸叶飘零。

梁州令·观三月三对歌会

四野歌声在，热闹喧腾如海。乡音本已醉游人，弦飞更又添风彩。　　飘香时节缠绵每，酒再添情倍。心头荡漾春水，眉间暖暖阳光汇。

庆春泽·丙申海棠雅集即席和文朝将军

玉景雍容，雪姿绰约，缠枝淡粉初匀。顾盼流辉，晴云未染淄尘。花前每遇前贤句，手轻扪、老韵尤温。共幽怀，才镂冰丝，又唤芳魂。　　棠轩无恙心无改，但红笺更秀，素墨偏新。画露噙香，绵延一脉情根。蝠池水榭东风暖，正良辰、有梦随春。绕蓬壶，影动瑶簪，月步微醺。

鹧鸪天·旗帜赞

就像春天的笑容，飘扬美丽的晴空。荡开脚下团团雾，升起胸中灿灿虹。　　心与共，爱相融，镰挥锤举写情浓。风尘滚滚鲜红在，请与苍生苦乐同。

如梦令·秋野漫步偶遇小红花

一点鲜红如染，愈冷愈添鲜艳。倔强小花开，岂任秋霜遮掩。呼喊，呼喊，请看这张笑脸。

渔歌子·俭是人间幸福芽

俭是人间幸福芽，侈为浮世恶之花。说立业，论持家，谁知高塔聚由沙？

一饭一粥一苦心，数来丝缕费沉吟。情暖暖，梦深深，勤俭赢来土变金。

人无远虑惹近忧，未雨时节早绸缪。俭养德，侈遗羞，飘然来去白沙鸥。

骄奢须戒俭须传，皎然明月印山泉。不愧地，不贪天，一路清风万里帆。

字字双·红豆

相思豆儿红又红，漏指光阴匆又匆，兼程山水风又风，一番辗转空又空。

一七令·宽

宽，

大野，平川。

经沧海，历长天。

胸罗万象，足越千关。

悠悠听风雨，淡淡看波澜。

蜗角几番拉扯，蝇头一点悲欢。

风霜雨雪遗身外，苦辣酸甜寄心间。

渔家傲·赞南海舰队某潜艇支队372艇官兵

风雨苍茫云水怒，儿郎热血英雄赋。一剑凌波沧海渡，神州护，纷纷点赞声威著。 报国情怀人久慕，浮沉来去闲庭步。大显风流潇洒处，楷模树，壮歌声里光荣路。

人月圆·牵牛花

甜甜喇叭甜甜举，举上小篱笆。牵来碧绿，缠成美丽，点缀人家。 清晨鼓吹，平凡日子，朴实年华。开时简单，凋时快乐，几朵心花。

生查子·题水晶作品《铜发晶葫芦》

参差铜发晶，萧瑟兼葭老。秋水问相思，隔岸烟云绕。　　燕寻南，花飞早。长叹春风杳。束起许多情，闷个葫芦好。

寿星明·敬祝梁东老师八十寿并贺作品研讨会召开

朴似乌煤，洁比晶玉，清若幽兰。任洪炉百炼，犹存骨耿；沧波九曲，不改心坚。染雪慈眉，餐霞善面，疑是仙方道秘传。八零叟、仍英姿勃发，十八青年。　　翩翩鹤发童颜，有无数神奇仔细看。想龙蛇笔舞，洛阳纸贵；凤鸾歌动，合浦珠圆。桃李情浓，诗书味永，捧向骚坛火一团。雄风振，信长毫挥洒，更续新篇。

水调歌头·素描欧阳鹤老师

瘦竹喻夫子，淡菊画形容。悠然云际清唱，仙客羡诗翁。湘水绵绵萦碧，燕岭悠悠铺绿，一挺老梅红。水电熔心曲，丘壑在胸中。　　晚霞灿，新醅醉，正情浓。葱葱椿桂，融雪心底自春风。菰菜莼羹之淡，素玉浑金之朴，鸿韵更横空。大羽扫霾雾，负手诵黄钟。

烛影摇红·函谷关戏咏老子像

浮紫东来，老牛载取关山渡。飘然仙迹不回头，谁解空空趣。早是苍生苦旅，却又加、城狐硕鼠。五千道德，有便还无，于心岂补？　　若水西归，沸来腹内成汤煮。崤函前路万千难，羌笛胡笳阻。无奈人形兕虎，叹尘寰、难寻乐土。强舒病眼，却步危崖，长途迟暮……

水龙吟·喜庆中华诗词学会成立30周年和唱刘征老师

美哉无限春风，剪云紫燕舒轻羽。香流碧野，花繁锦壑，江山如许。萦梦冰轮，含情红日，洗诗蓝雨。数阴晴昏晓，弦歌声远，翩然韵、忻然舞。　　卅载匆匆寒暑，恰峰回、转山阴路。鱼牋有忆，鸾箫无恙，仄平甘苦。菊灿荷鲜，桃夭梅秀，共丹心谱。看风流万种，烟霞万里，天海阔，从容渡。

回波乐·那片温柔

回波尔时眉头，匆匆那片温柔。倒卷一帘秋水，闲撩几朵春愁。

回波尔时明眸，当胸万念奔流。有本顾城在握，曾想献上三楼。

回波尔时鼻尖，芬芳荡漾春山。留得百般风味，堆在故事旁边。

回波尔时芳唇，空天衬朵彤云。素鹤一珠丹顶，青荷万亩红裙。

回波尔时青丝，娉娉袅袅芳姿。春风海棠树底，吹乱散淡相思。

西江月·遥寄双西湖王希光吟丈并东海诗词学会诸师友

三日笙歌胜会，一群赤子同游。清辉芒角耀心头，都似水晶通透。　　天下菁华豪揽，人间情味长留。风荷雨荻共清幽，最忆相逢时候。

鹧鸪天·橘子洲头

洒满阳光碧水滨，弦歌长岛沁园春。御风君笑虬龙缚，击浪谁听虾蟹噌？　　松气概，橘精神，峥嵘岁月总惊人。小洲看似凌云帚，一扫烟霾天地新。

水龙吟·词绎美国诗人惠特曼《人海》

茫茫人海喧哗，偶逢一滴清清水。温柔口气，缠绵低语，谓其将死："长路迢遥，波涛险恶，只为爱你。忆相思万里，寻追颇苦，今还又、随风弃。"　　"不必吁天飞泪，喜红尘、幸曾相会。潮来潮去，遗踪谁觅？浪平波碎。吾亦涓珠，共归海属，与君同醉。待残霞落日，声声祷祝，为亲人酹。"

暗香·洪泽湖记

一湖洪福。有风荷绽粉，雨芦摇绿。隐约银鱼，衔梦飘然弄秋玉。绒蟹青虾美味，自可比，四腮鲈熟。但侧耳、天外云鸥，恰唱此心曲。　　欢沐，野香馥。偶泛范公舟，且骋游目。蓦然脱俗。扬子长淮水晶蓄，脉脉情牵万里。沧海卷、朗声长读。好日子，今正美，美于丝竹。

生查子·大洋湾樱花节

笑在湾之头，笑在湾之尾。忘记赋樱花，但坐樱花美。　　万朵天上霞，一树人间瑞。携酒大洋湾，共与春风醉。

不想吟多情，怕染诗风腻。对此动情花，难避多情字。　　花有情相催，人有情难已。心在俏花枝，情似洪波起。

独占洋湾春，总与凡花异。花自解人情，情有花堪寄。　　好是逢春时，花讯传千里。恰是看花天，长愿人如此。

垂枝淘气樱，抱梦甜甜睡。扑闪小花红，挂粒晶莹泪。　　偏无点点愁，惟有千千媚。滴露润红花，露缀玲珑穗。

欲赊一角蓝，一角清新美。久苦雾霾多，颇羡洋湾水。　　水抱蓝蓝天，花点红红喜。欲作绕花蜂，欢舞樱花里。

信传朋友圈，点赞无穷美。绿女款款游，雨润相思蕊。　　红男翩翩来，风起相思地。漫步大洋湾，一路开心事。

西江月·小谣曲

些子玄机微妙，那时套路高强。流年在握总球忙，谁肯浅斟低唱。　　春水一池清浊，秋风满树炎凉。也曾调笑也轻狂，也看一堆洋相。

破事随其扯淡，浮名晒在颓墙。纷纷木叶换青黄，顺着风吹方向。　　懒听吹牛往事，小瞧拍马文章。老阳底下小村旁，还像桂花开放。

绿竹千岩古调，黄花万壑新晴。松奇溪野小舟横，圈块草原驰骋。几点芬芳记忆，一行彩色人生。好山好水好心情，就是新鲜风景。

眼底青山不老，胸中绿水长流。闲来更上一层楼，且醉风舒云皱。红豆抛成红线，清吟最是清秋。月明水湛小温柔，正在赏心时候。

曲部

一半儿·刷脸偶思

妆前糙似豆成渣，妆后鲜成一朵花。红粉胭脂可劲擦，脸难刷，一半儿原装一半儿假。

这边整过那边修，几个欢颜几个愁。眼看光阴难倒流，网中搜，一半儿光鲜一半儿丑。

狐狐心计肚中藏，兔兔表情贴脸庞。仪器高精本领强，也抓狂，一半儿胡猜一半儿装。

说来最美是天然，到底人间本色难。秋水菱歌幽谷兰，动心弦，一半儿清香一半儿甜。

自度曲·写在1997

灵鹊联翩至，紫荆花满堤。酡颜霞醉矣，朗笑风灵兮。得意，歌如霖铃雨；顺气，情似浣纱溪。　　潮来拔地起，豪气与天齐。手转旧乾坤，面向新世纪。那里，心中真喜欢；这里，心中真欢喜。　　座上金觞共举，狂吟如泣。拆掉樊篱，除尽荆棘，挺起背脊，挽起手臂。天涯游子，回归步履，快似流星，急如霹雳。　　回首百年叹唏嘘，将进酒往事休提。今日燕来，今日愁去，哗啦啦的风展紫荆旗。　　任刀摧石刈，挡不住野草年年绿。土性子偏有个土脾气，纵漫天风雨，依旧是盎然生机。　　萧瑟诗心次第碧，缘情凑个趣。不争曲调少格律，盼着中华早团聚，写几句表表心意。春信迟，春来急，风月无边春消息。春来处处春潮涨，春江水暖鸭先知，更有那花知柳知。　　惊涛奋，怒火弸，百年伤心曾如许。东亚飞龙鳞爪健，风云叱咤梦魂里，果然是凌云壮志。　　黄河荡荡大浪急，滔滔不息。澎澎湃湃向前去，千里，万里……　　蛩吟罢一觉才将息，鸡鸣时哗笑又执笔。几张纸难抒情意，看火辣辣心花开，亮晶晶喜泪滴，齐刷刷彩旗举。飘逸李诗仙，旷达白居易，叉着手儿唤那厮：盼家祭的陆放翁，拍栏杆的辛弃疾，烧鸦片的林则徐，想今日合该齐来，共举金樽酹天地。嘱咐恁个拙荆须记取："倘有人家来催诗，道俺们沉醉了也东篱矣。"

外篇

安排令

　　安排风送，安排云送，安排星斗缀幽梦。安
排世界、随春动。　　添些花美，添些诗美，添
些莺燕斗些嘴。添些情意、柔如水……

汉俳·烛啊烛

　　　有光在泪里，
　　　有泪颤动在火里，
　　　有火在心里。

汉俳·左家庄公园即景

　　　哇哇黑鸟散，
　　　噩梦飘飘飞碎片。
　　　纷纷黄叶乱。

广汉俳·贝的骄傲

　　　沙在肉里磨。
　　　生命疼痛而幸福——
　　　疼痛最深处，
　　　是一粒珍珠。

小汉俳·雍和宫感怀

甚人寰,
甚万丈悲欢——
殿外边。

正春暖,
正欢喜眉眼——
和谐脸。

赶五句·炸酱面

长长面条是思念,香香炸酱是眷恋。心儿向着老屋唱,梦儿围着碗边转——最爱还是炸酱面！　　节日吃的是团圆,生日吃的是祝愿。碗里盛着故乡情,外面尝过百家饭——最爱还是炸酱面！

二字尾令·老醋谣

越老越鲜情一碗,越陈越香梦一壶。名头响亮滋味足,老醋！　　越酸越爱入肺腑,越喝越美透肌肤。黄得地道又淳朴,老醋！

三字头令·新月

月似船，以心为舵梦为帆。多少相思多少梦，迢迢摆渡向团圆。　　月似芽，嫩如春柳美如茶。小引天河纯净水，浇来应绽雪莲花。　　月似眉，薄愁轻皱酒轻推。万里春风吹不展，心花点点点星飞。　　月似镰，割来割去有情缠。金星割似金稻穗，囤个金秋在心田。

纪辽东·蓝天

谁染晴霄一色新，霾后倍堪珍。手机高举镜头稳，眉目也生春。　　路上行人相见欢，但坐观蓝天。大好心情能感染，纷纷微信传。

仿鹧鸪天·闻南海风波作

寒流滚滚聚黄岩，怒火熊熊心上燃。雾霾待扫妖氛盛，蟹将虾兵总动员。　　月如攥，日如环，抱定乾坤抖几番。兴来欲挽飓风帚，横天一扫靖狂澜。

新古体诗·敬贺丁国成老师八十大寿

丁国成老师主持《中华诗词》杂志评论版面达二十年，辛苦耕耘，颇多建树。值丁老师八十大寿之际，以丁老师力倡并长期研究的新古体诗形式，吟诗八首，向丁老师致敬。

遐龄八秩岁月稠，鹤影飘然任自由。
八千椿树八千桂，心中一角为诗留。
能容鳞介能游鲸，沧海胸襟最宽容。
每遇迷途仰老骥，每逢风雨见苍松。
埋首耕耘年复年，剪枝浇水苦与甜。
红烛生涯春蚕业，径蹊桃李香满园。
百折喜见新潮来，古莲重看带笑开。
心底春风暖吟坫，信有阳光去雾霾。
不拜鬼神不信邪，敢迎浊浪斗风波。
一片丹心一腔爱，送上骚坛正气歌。
廿年辛苦不寻常，半壁江山一肩扛。
新诗主体论休矣，鼓呼奔走大旗扬。
月出皎兮照四方，启我鸿蒙领我航。
忝列门墙承大雅，却看先生两鬓霜。
八年共事见深情，恺悌君子德音宏。
我劝天公重民意，诗坛多降丁国成。

自度词·常在心间

雁飞高，儿行远，咫尺天涯不团圆。几回梦里曾相见，几回梦醒难入眠。儿去千万里，常在娘心间。情切切，意绵绵。心中无限爱恋，眼前无限江山。　　同心结，生死缘，风风雨雨走向前。乘风同为比翼鸟，沐雨齐开并蒂莲。风里手挽手，雨中肩并肩。情切切，意绵绵。心中无限爱恋，眼前无限江山。　　别亲人，上前线，千言万语说不完。黄河九曲十八转，一路惊涛送征帆。最红赤子心，最壮英雄胆。情切切，意绵绵。心中无限爱恋，眼前无限江山。

（本篇为电视连续剧《左权将军》主题歌歌词，肖文海作曲，河北电影制片厂和河北省电视剧制作中心 1990 年联合摄制）

自度词·长江从我门前走

长江从我门前走，豪情唱向入海口。桥似洞箫路似琴，江南江北歌万首。云来舞彩袖，雨来亮歌喉。万里波涛似情长，一脉相思在心头。　　长江从我门前走，碧浪声声醇似酒。水渡三峡夸壮美，波荡秦淮唱温柔。醉里乡音好，杯中诗情稠，东风吹绿两岸春，一轮明月在心头。　　长江从我门前走，牵来悠悠画一轴。人间处处铺锦绣，儿女代代竞风流。极目扁舟远，好景不胜收，两岸青山相对美，一帆好梦在心头。

自度词·赠人玫瑰

赠人玫瑰，手有余香。唇边飞出美好祝愿，掌心握紧甜蜜时光。芳菲一枝情一片，歌啊悠悠，韵啊长长。　　赠人玫瑰，朵朵芬芳。风中不改美丽风采，雨里不凋烂漫春光。平平仄仄朝前走，路啊悠悠，梦啊长长。　　赠人玫瑰，瓣瓣心香。梦中留下温馨叮咛，身边相伴灿烂阳光。振翅一飞天涯远，情啊悠悠，爱啊长长。

自度词·兄弟

胸中涌豪情，脸上写坚强。扛得起满天风雨，踏得破万里冰霜。兄弟兄弟，你们真棒！响当当人生堂堂正正，硬梆梆骨头都是好钢。　　脚下踩艰险，手中攥希望。站起来顶天立地，冲出去倒海翻江。兄弟兄弟，你们真棒！坦荡荡胸襟无所畏惧，亮堂堂心地洒满阳光。　　啊，敬一束鲜花美丽芬芳，敬一杯美酒情深意长，美好祝福满天飘洒，心中赞歌传遍四方。

自度词·远的呼唤

壶中有酒，盘中有菜，山歌动心弦，山花正澎湃。热土敞胸怀，游子快回来。别再等月亮圆，别再等桂花开。　　老屋有情，老炕有爱，老井水似蜜，老友泪满腮。乡音多悦耳，乡梦久徘徊。别再等眼望穿，别再等头变白。

白话律·远望鲁迅雕像

许多鲜花，围绕先生盛开
远远地，有个我默默徘徊

眼睛再添些雷和电
膝盖再加些铁和钙
脊梁再少一点媚骨
心房再减一些尘埃

然后等待。等待这尊雕像——
慢慢地，向着我缓缓踱来

白话律·束不住春天的发辫

田野里所有的小路都变成了头绳
也束不住春天那摇曳多姿的发辫

这里的草全都在比赛开花
这里的花全都在比赛鲜艳
白发的云也开始梳妆打扮
赤脚的风也不再蓬头垢面

太阳把春天塞进叮叮咚咚的陶罐
提上山顶一滚啊世界就开始旋转

白话律·我看见了岁月

年龄就像一群野生动物
不慌不忙闯进我的小屋

美滋滋为我唱生日歌
静悄悄绕我跳踢踏舞
开始蛮横地不请自到
后来客气地鱼贯而出

只最后一位在蛋糕上面
添了根越燃越短的蜡烛

白话律·西瓜地漫笔

这些西瓜是一些小小的奇迹
率领翠绿的藤蔓在露天隐居

用自己纯植物的方式
过世上最椭圆的日子
包蕴所有辛酸和苦涩
珍藏所有纯朴和甜蜜

草摆向南草摆向北草摆向东草摆向西
是它们清凉了这个火烫的火烫的夏季

白话律·对光的祝福

黑夜里写下的诗篇
闪耀着对光的祝福

默默地想想虹和彩霞
悄悄地写写萤和蜡烛
诗轻轻唤我离开书桌
诗默默陪我小径散步

顺便摘下几颗星星
给明天的太阳带路

白话律·童年时的一次恐惧

妈妈不让我和那条狗玩儿
它常说粗话 还穿脏衣服

它晃着爪子吐着舌尖
它跳过篱笆挡住大路
提出的问题那样尖锐
呐喊的声音那样恐怖

我很想表达我对它的祝福
我想象着互相微笑 但是它不

白话律·我爱着的一朵云

闭着湿润的眼睛飞走了，
他不相信我在为他苦吟。

拖着脊背上那些雷电
驮着心灵里那些甘霖。
他有如此美丽的长发，
他有那么动人的双唇。

而他那些透明的神秘的足尖，
在我的心上踩出久远的伤痕。

白话律·八宝山杂感

不断地有人接到一张车票，
去和死人挤在一个车厢里。

生命就像一只始祖鸟，
飞来飞去全都是历史。
车轨就像一本老皇历，
翻来翻去全都是昨日。

身后追着个满脸涕泪的孩子，
"不朽"，是这可怜孩的名字。

白话律·爱上一朵野花

耐心劝说那朵清新的野花
闭上那片微启的芬芳嘴巴

让我想象盛开的笑脸
听我诉说傻气的情话
我比蜜蜂还要痴情呀
我比蝴蝶还要浪漫呀

肯不肯从泥土中拔出脚丫
和我的诗行并肩跑步回家？

白话律·红着脸躲在春天的角落

红着脸躲在春天的角落
怯生生打量外面的世界。

听春雨说些悄悄的绿叶
看春风扫些淡淡的白雪
小河光着脚丫就跑远了
小草伸着脖子就变绿了

你们敢不敢展开翅膀试试呢？
没准儿也是一群美丽的蝴蝶。

评说

诗魂总是火般燃

袁忠岳

　　高昌最早是写新诗的，是河北有影响的青年诗人。1988年《诗神》（《诗选刊》前身）以"诗坛新生代"为栏目标题，每期头条隆重推介一位诗人，他是在第2期被推介出来的。那时他叫高新昌，才20岁。等到我从《中华诗词》上读到他写的古体诗词和文章时，他已改名为高昌了。虽然，他把姓名中的"新"字去掉了，但他并未告别新诗。我在《诗神》1988年第9期的一篇文章中谈他的诗时曾说："他有一种两栖的本领，可以自由来去于生与死、真与假之间。"看来我还真有先见之明，在新诗与古体诗词之间他也是来去自如的。写新诗写得不错，写古体诗词又写得不错，在老一代诗人中不乏其人，像刘征、丁芒、刘章等前辈就是，在后一辈中却是罕见的了。相隔23年再来谈他的诗，新体诗换了古体诗，形易人不易，仍可以用我23年前的话说，从他的诗"我们可以品尝到一点人生真味，结识诗人那一颗善良、憨厚，又有点狡黠稚气的心"。诗体无论怎样换，"诗魂总是火般燃"。我就用高昌《红豆树》中的诗句，做了本文的题目。

一

高昌原是农村孩，从农村来到城市，又从二线城市到了一线城市，直至在首都全国性的大报中占了一个中层位置。这一路走了二十多年，其中的艰忍辛苦自不待言。伴着他一路走过来的就是诗，诗是他人生的伴侣，也是他人格的见证。他在最近一篇回忆青春诗会的文章中说："唱温暖的歌，走光明的路，做干净的人。"他以此为路标走到今天，已入不惑之年，其做人做诗的原则是再也改不掉了。我们可能不熟悉他，我也只在1998年北京的一次诗人聚会上匆匆与他见过一面，但我们可以从他所崇敬仰慕的诗人来结识其人，这是识别人的一个诀窍，而这只要读他的诗就能知晓。我们从他诗中读到的诗人已亡故的有鲁迅、老舍、公木、丁力、聂绀弩、郭小川等，健在的有刘征、刘章、林希、邵燕祥、边国政等，这些诗人作家的共同点是人正骨硬，高昌欣赏敬佩并欲效仿的也即在此。他说"曾记当时年纪小，居然牛气蒸蒸，笑嘲鲁迅我曾经，说他生且硬，文字冷如冰。碰壁沧桑今始懂，先生毕竟先生。"（《临江仙·鲁迅》）先生先他而生，对社会的了解自比他深，冷且硬并非无因。后生碰壁才懂，懂了以后如何，诗中未说，留给读者思索。对于老舍先生怨沉太平湖，高昌也是很为不平的，其诗写"风如有感风应怒，玉本无瑕玉却污。天已病，尔何辜，横眉谁敢为君呼。"（《鹧鸪天·哀老舍》）……他敬重这样的英雄，他们都是因为人太直性太耿，而为世道权柄所不容。是高山，就要仰止；是景行，就要行止。这是他用诗来纪念他们的原

因。对于身边健在的老师，高昌更是近水楼台先得月，频
频登门拜访求教，从他们的人和诗吸取丰沛的精神营养。
他写邵燕祥"身与诗歌今共老，犹留清品树高标"（《闻
邵燕祥老师心脏"搭桥"手术》）。写刘章"胸中爱字
红如火，掌上心灯照四方"（《敬贺刘章作品研讨会召
开》）。他的《访刘征》更用七言古风写了一个56句392
字的长篇，亦庄亦谐，情文并茂，读来酣畅淋漓过瘾之
极。你看，刘老住在高楼20层，"层云不畏遮望眼，乐在
书斋战恶风。寻章觅句小鲜耳，煮字熬灯妙手烹。纸上常
奔千里马，身边常伴万年青。感时常恨真情浅，怀旧常忧
大道轻。老来筋骨格外硬，最怕官场把腰躬。皱褶添来成
风景，回眸一笑百美生。"有形象，有精神，形神兼备，
一个可爱可敬的老人就活脱脱地站在我们面前了。诗中另
一个形象就是诗人自身，"十月廿日天气晴，我去芳星访
刘征。……刘征看我夸年少，我看刘征正年轻。……一窗
云月知情愫，我今一见真如故。人生漫漫如长路，自兹难
忘片时晤。"两个诗痴人，一对忘年交，不愧"晚生又门
生"。当今诗坛，在年轻一辈的诗人中能对前辈谦恭赤诚
执弟子仪的已经不多了，高昌可算一个。凡是他钦佩的前
辈，他不仅以师事之，而且身体力行他们的为人为诗，主
要是学两点：一是悲天悯人，嫉恶如仇；一是洁身自好，
诗心可鉴。

二

白居易把切近现实"关于美刺兴比"的新乐府又称作"讽喻诗",而把"知足保和,吟玩情兴者"谓之闲适诗,还有"随感遇而形于叹咏者",就叫感伤诗(《与元九书》)。其实感伤诗可以归入闲适诗,这样就把诗分为讽喻和闲适两类,正好与我前文所说的两个方面(悲天悯人,嫉恶如仇和洁身自好,诗心可鉴)相对应。前面讲了讽喻诗,下面再讲闲适诗。这不是严格分类,只是为了便于论说,把写亲情、爱情、咏物、风景、感伤等侧重于个人活动范围的诗都归到一起,权以闲适称之,其实有些闲适诗借古讽今、托物寄意、寓情于景仍旁敲侧击地牵挂时事,闲适并不闲适。如《行香子·题张仲景祠》,上阕读碑记,说他"岐黄手妙,二竖能逃。赞针儿巧,方儿好,病儿消。"下阕说而今,见他"慈眉泥塑,善目金描,已神般玄,仙般远,圣般高。"这肯定不是在嘲弄泥塑,很自然让人想起当今遭人非议的医德。

亲情诗当推《豆豉忆》,"忽思豆豉故园香,慈母腌来滋味长。入梦乡情萦豆瓣,绕怀思念酿瓜浆。些些咸伴微微辣,点点红添淡淡黄。一焆葱花煸肉末,馋虫赚我泪沾裳。"幼年的记忆最难忘,往往很普通的一事一物就能牵动对母亲的思念和对乡情的依恋。其关键是要点到让人酸痛的穴位,豆豉即是,这首诗点到了,就成为一盘情浓意重色香味俱佳的家乡菜。高昌的爱情诗很少,我找了一首,还不知是不是,就是《玉连环影·两只黄鹂》,"别走,真似多情手。牵住离人,塘畔婀娜柳。 唱来愁,舞来柔，心是两只黄鹂，在枝头。"借杨柳的手牵情人的手，不让情人走；人走，心却留，你看，它们正在枝头卿卿我我不住口。借物传情，欲说还休，含蓄吟风流。写风景诗要有灵气，才能把山水花草写活，如写雨，"心上柔情千万绪，惊雷一震漫天飘"（《雨》）；写浪，"扯地牵天拍岸，轻一滚，笑声：哗……"（《霜天晓角·昌黎黄金海岸观浪》）；写花，"丁香相互商量说，齐倚围栏，共把瓣儿裂"（《一斛珠·小园即景》）。都写得很有情趣:如果漫天飘的不是雨而是千丝万缕的柔情，将是一幅多么梦幻的图景啊；一个浪花扑上来，一滚一笑，就是一个调皮娃；花们一商量，大观园众姐妹的形象就叽叽喳喳地出来了。高昌的咏物诗不少，尤其是咏花，像桃花、榴花、荷花、红杏、残菊、水仙、一品红等等，都有诗咏。但我觉得还是咏平常物，更符合诗人性格。如《芝麻诗》"身微偏向人间誓，愿撒千门万户香"，位虽卑微，心系天下。《鹧鸪天·胡萝卜小唱》"身家不共人参比，一愿萦怀在众生"，不企高枝，不忘苍生。《过白菜地》"敢将清白对秋风，笑在家乡热土中。懒论身家胡贵贱，悠悠铺绿到苍穹"，其平民化的思想更为明显。《生查子·兰花草》"幽幽独自香，淡淡兰花朵。筇杖却难寻，总教青山锁。 惯居寒谷深，厌被红尘裹。喧嚷那些风，不改清清我"，这就有洁身自好的自况意味了。即使不关乎时政的闲适诗，也还是关乎生活，关乎性灵的。

高昌还有一些心有所感不寄于物或借于情而是直抒胸臆的诗。它们来自诗人社会经历的真实体会，不论顺逆，不分喜悲，用诗把它记录下来，就是一幅诗化人生心迹图。从这个图景看，诗人的道路也不平坦，并非一帆风顺，亦有阻力和曲折，也曾苦闷和烦恼，"荣枯世上愁多仄，丘壑人间恨不平"（《即是书生》）；但身处逆境，诗人并不气馁，更不自暴自弃，而是相信只要"光明心底与天宽。一腔热血终融雪"（《板荡》）；他为了走出逆境，就坚忍自立，从底层一步一步做起，从小事一件件做起，"不上神坛宝座求，须从平地起高楼"（《答某》）；而且淡泊名利，安于清淡，自得其乐，"蜗居虽小阳光好，从此长安不异乡"（《卜居》）；他常以诗明志，以诗自励，"胸中热焰常无忌，腕底惊涛幸未平"（《感世偶成》）。像这样有着人生真味的自白诗还有《红尘有梦》《迎春志感》《胖人心语》《何当对酒》《答客诮》《小感慨》《小小窝》《如此我》《臧否》《凌冽》《性僻》等，共同勾画出一幅诗人的自画像。这和我们从他写前辈的诗中所读到的印象是一致的，他就是这么一个人。

在诗的追求上，高昌不喜欢赶潮流，只是老老实实地走自己的路，写自己的诗。他重视语言，舍得下功夫，如他在《答某》中说的"翻江倒海搜佳句，逐浪随波至末流"，但求新意，不拾牙慧。但也并非刻意求工，有些语出平常，却能给人机智俏皮的惊喜，如前面所举写景的例子，可见一斑。诗人认为"世上真诗无尺度，人间至味在寻常"（《公木百年诞辰》）。他是讲究诗味的，诗而无味，那还叫诗吗？诗味有很大的包容性，趣味、情味、禅味、韵味等等均可纳入其中，唯嚼蜡之味不得入内。一首诗起码要有一两句有点味道，才能把全诗提起来。高昌的诗有味，但还不能说每一首都达到了这个要求。另外，写诗不能见木不见林，只是在语言上斟酌推敲，而轻视整体的构思。写景就要有意境，写事也有个起承转合，律诗八个句子，每一句各有作用，环环相扣，决无多余之言。至于长篇，结构就更重要了，缓急详略、布篇谋局都要三思而后定，忽视不得。还有，高昌写诗体裁多样，这好不好呢，我说也好也不好，好是说明诗人是多面手，无论律还是绝，无论诗还是词，样样拿得起放得下；不好是没有所长，形不成个人特色，给人感觉杂。最好是在样样通的基础上，再突出一样或两样精，发挥自己的优势，在某一方面给读者留下一个鲜明深刻的印象。这样说不知对不对，反正仅供参考而已，路还得靠高昌自己走下去，只是希望他越走越好，能走出一条自己的光明道。

回首风光在底层——高昌诗词读后

刘庆霖

记得是在中华诗词学会的三代会上认识的高昌。当时，他找到我，让我看他写的《蟹岛逢刘庆霖，时细雨飘飞，清风徐来，布谷声声》，其中两句是"识荆恨晚久相亲，蟹岛光芒一照新"。其实在此之前，我也久慕他的诗名，印象中刘章先生提到他的名字最多。没想到的是，现在我们同在《中华诗词》工作了。因为读他的诗久了，心中便有许多话要说，尤其是最近读他的："飘渺流云足下腾，电梯载客作高升。欲穷千里目难及，回首风光在底层。"（《台北101楼远望》）就更加抑制不住要写点东西的想法了。

高昌是新诗和旧体诗共同经营的"两栖诗人"，且两个方面都颇有成就。他的诗风格多样，内容也极丰富。但我极喜欢他"回首风光在底层"这个创作视角，以及他以此视角观察自然和社会而创作的诗词。可以说，这已经超出了艺术视角的范围和意义，它是一个透着作者爱心和灵魂的视角，也是作者重要的诗词观和审美取向。当然，这里的"风光"不单单指正面的、阳光的、美丽的，它应该是生活中喜怒哀乐的全部。

一底层生活的反映。这里说的"底层"即是指普通老百姓的阶层，是指生活水平较低的大众，并非是说他们的人格和素质较低。实质上,这个阶层的人往往是纯朴、善良、勤劳者居多,素质较高的人也不在少数。2015年《中华诗词》青春诗会的15人中就有3位是农民,他们的诗作也很抢眼。当然,这个阶层的人和事在当今文学作品中所受的关注度却远远不够。因此,底层生活的反映就更显其重要和珍贵。

我们且看高昌笔下的"底层"生活:农家来客便呼邻,扑面春风暖一身。犬马无喧知待友,鸡猫有趣解迎宾。推觞敢咒世间贵,举箸长忧天下贫。小菜新鲜污染少,原生低碳正佳珍。(《农民诗友》其一)柳梢头上月逡巡,难忘单纯那片真。石屎林中无此境,农家院里有斯人。诗来痛骂石壕吏,酒去闲聊洛水神。淡饭粗茶滋味远,野花野草忆清新。(《农民诗友》其四)这是高昌写给农民诗友的一组诗,一共四首,全是七律。作为一个诗人,有几个农民诗友,这算不了什么。可作为《中华诗词》执行主编的高昌,不但把农民诗人看作是朋友,而且还深情地给他们写诗,就不那么一般了。为什么高昌会如此喜欢这些农民诗友呢?我想,一是农民诗友纯朴善良,热情好客。"农家来客便呼邻,扑面春风染一身。""推觞忽恨人情贱,举箸还忧年景贫。"中国人纯朴善良和热情好客的品质在农民身上保留得最多。二是农民诗友思想进步,素质较高。"石屎林中无此境,农家院里有斯人。"近几十年来,在经济快速发展的同时,由于过度开发,城市的自然环境远不如农村了。作者用"石屎林中无此境"来进行城乡对比。因为香港人将水泥称作石屎,并引申把用水泥钢筋筑造的高楼林立之城市称作石屎森林。

其实，农村不但自然环境好，农民的素质也大大提高了。闲暇时候，古代的思想家、当代的流行歌手也都是他们寻常的聊天对象。三是作者羡慕农民诗友的恬淡而干净的生活。"小菜新鲜污染少，原生低碳正佳珍。""淡饭粗茶滋味远，野花野草忆清新。"羡慕其实是一种热爱和向往。我想，这几首律诗，应是花飞欲遣随流水，盼有渔郎来问津，顺水从桃花源中漂出的几瓣桃花吧。

时下有三句流行的话："把镜头对着群众，把话筒递给群众，把舞台让给群众。"作为诗人，我们没有话筒递给群众，更没有舞台让给群众，但我们可以把诗的"镜头"对着群众，用诗笔去反映他们的喜怒哀乐。

二、底层事物的感悟。法国著名雕塑家罗丹说："所谓大师，就是这样的人：他们用自己的眼睛去看别人见过的东西，在别人司空见惯的东西上能够发现出美来。"（《艺术论》）高昌就是极其善于发现司空见惯的东西中隐藏美的人。并且，他更善于捕捉低处风景中蕴藏的真境。例如："性淡心清滋味平，红颜仍似火般呈。叶肥未必攀高干，根硬缘由入底层。风岂惧，雨何惊，从来大地寄深情。身家不共人参比，一愿萦怀在众生。"——（《鹧鸪天·胡萝卜小唱》）胡萝卜几乎是每个人都经常吃的东西，虽然我们都认为它很好吃，营养价值也好，但它的美也往往被熟视无睹了。高昌却在胡萝卜身上发现了三个层次的美。第一个层次的美是我们能够看到和感觉到的：性淡味平、红颜似火，叶肥而绝不攀高、根硬而甘居底层。第二个层次的美是作者根据第一个层次的美推理而得："风岂惧，雨何惊，从来大地寄深情。"清文学家纪晓岚的先师陈伯崖撰过一副对联:"事能知足心常泰,人到无求品自高"。这副联也可以用在胡萝卜上。正是胡萝卜守平致静的心态,叶肥而绝不攀高,根硬而甘居底层的品质,使得它和大地有了深刻的感情,从而达到风雨不惧,宠辱不惊的境界。第三个层次的美是作者的综合判断而得:胡萝卜,俗称小人参,主要是从它的营养价值而言。然而,虽然人们给胡萝卜极高的赞誉,它自己却不因此而飘飘然,依然心甘情愿地"萦怀众生"。是啊,人参虽然营养丰富,由于价格昂贵,却只能为少数人服务;胡萝卜则不同,它也营养丰富,却是为"大众"服务的。两者相比,胡萝卜更值得赞扬。此诗从赞扬胡萝卜的高尚品质入手,暗喻人间一种高贵的人格,读后余音绕梁,发人深省。关注底层小事物,深入挖掘它们的优秀品质,是高昌的一贯作法。类似《鹧鸪天·胡萝卜小唱》这样的诗词还有不少。例如《芝麻诗》:"埂畔田头土路旁,拈将一角自芬芳。小花著雨衔情重,细叶牵风系梦长。翠荚醉来摇露水,金茎笑去爆阳光。身微偏向人间誓,愿撒千门万户香。"此诗与写胡萝卜的鹧鸪天有异曲同工之妙,手法更加细腻,语言更加精美。"回首风光在底层",底层是个大视野,有人、有事物、也有无限美丽的风景。我们来看高昌的《眼儿媚·青山下》:"红紫芳菲是谁家,远看灿如霞。风传春讯,香催诗韵,梦魇新芽。画般挂在青山下,臭美那些花。螽斯儿闹,野蜂儿恋,阳雀儿夸。"这首小词,虽然只有48个字,却把春天青山下的景象写得极其韵致。首先,这首词视角独特。作者是站在山上往下俯视,仿佛是从天上鸟瞰人间。由于这个鸟瞰的视角,使作者看到了更加新美的景象。"红紫芳菲是谁家,远看灿如霞。"平时人们仰视居多,惯看天上的彩霞及流云,对于偶尔俯视,视如妙手偶得,让作者感到新奇和惊讶。其次,这首词写得绮丽动人。上片的"风传春讯,香催诗韵,梦蘸新芽",下片的"螽斯儿闹,野蜂儿恋,阳雀儿夸",把青山下那幅画写得活灵活现。难怪画上那些花也"臭美儿"了。其三,这首词抒发了作者感悟春天的喜悦心情。王国维在《人间词话》里写道:"昔人论诗,有景语情语之别,不知一切景语皆情语也。"诗人这些景语也正是自我抒情的短歌。"香催诗韵,梦蘸新芽"拓出新意,道出自己的心境。

底层的风光有时在现实中,有时也在梦里。童年是做梦最多的季节,人们常说,只要有了梦,再苦再累的日子也是快乐的。所以,人们愿意对童年的梦津津乐道,仿佛童年与现实只有一梦之隔。高昌生于1967年,他的童年正是中国的贫困时期,但这并不妨碍他童年的快乐,并不妨碍他有一个美丽而漫长的童年梦。我们来看他的《最高楼·村南旧事》:"回眸望,童话土中埋。都是小呆呆。珠珠酸泪甜甜笑,些些闲事挂心怀。草犹淘,花更野,树还乖。那朵美,春风曾等待。这畦梦,阳光来灌溉。深浅爱,列成排。如烟岁月飘然远,斜风细雨印苍苔。路仍长,题未解,谜难猜。"题目是《村南旧事》,写的却是花花草草,阳光雨露。作者把深情藏在眼前事物中,像是在写景,实质在记事。第一件事:"回眸望,童话土中埋。都是小呆呆。珠珠酸泪甜甜笑,些些闲事挂心怀。"是一件过去了几十年的被岁月用旧了的往事;第二件事:

"草犹淘，花更野，树还乖。"是带着童年影子的现实中的事；第三件事："那朵美，春风曾等待。这畦梦，阳光来灌溉。深浅爱，列成排。"是现实中的梦境，是梦境中的现实，是童年来到现在，是现在返回童年；第四件事："如烟岁月飘然远，斜风细雨印苍苔。路仍长，题未解，谜难猜。"是童年又返回童年，梦境又回到现实。这首词是写自己，也像是在写人生。我敢说，每个读了这首词的人，都能从中找到自己的感觉，翻出自己的童年，自己的梦境。这旧事，是夏宇诗中，加了盐腌制后下酒的影子，是自己的故事，也是在看别人的电影。

三、底层现象的思考。屈原在《离骚》中写道："长太息以掩涕兮，哀民生之多艰！"这句话可翻译为：我长叹一声啊，止不住那眼泪流了下来，我是在哀叹人民的生活是多么的艰难！第一个为人民说话的诗人不一定是屈原，但第一个为苦难人民流泪的伟大诗人一定是屈原。诗人多半都有一颗悲天悯人之心。屈原是这样，杜甫也是这样。"安得广厦千万间，大庇天下寒士俱欢颜，风雨不动安如山！呜呼，何时眼前突兀见此屋，吾庐独破受冻死亦足！"（杜甫《茅屋为秋风所破歌》）其实，"哀民生之多艰"，为广大群众着想，说他们想说而说不出来的话，是古今诗人的美德。诗人通过对底层生活的书写，更加了解人民群众，更加热爱人民群众。同时，以自己的笔号召和提醒他人也这样做，这就是在增加社会的正能量。当然，只是靠赞扬式地书写并不全面。诗人有时还要对社会的假丑恶现象进行揭露和批判，甚至要以笔代剑，以血为墨地进行战斗。

　　高昌的诗词，有许多优点，但感觉最大优点就是透着作者真诚、善良、美丽的灵魂，透着作者的一腔正义感。可以说，这是作者诗德仁厚。高昌的视野很宽，但他关注最多的是普通百姓的生存状态，所以能够说出"回首风光在底层"的感悟。前面说了，"回首风光在底层"是透着作者灵魂的视角，这个视角值得所有诗人认真思考。

2015年5月23日

诗因性灵而风趣，因风趣而动人

雷海基

多年来关注高昌先生的诗，他那些富于风趣的诗给我留下了深刻印象，打动了我。如，《秘密》："草叶试寒暖，悄悄掀我襟。花苞辨风向，悄悄开我心。"这首诗就蛮有趣，诗题说写的是自己的秘密，给读者一种神秘感。什么秘密呢？草叶掀我衣襟，花苞开我心怀。为什么说是秘密？衣襟下心怀里的东西是藏着的，不掀开，不深入是见不到的。况且，草和花的行为都是悄悄地，偷偷摸摸，不是探密是什么。这样的风趣是因为诗里充满作者的性灵，写出了自己的性情，喜欢花草亲近花草而又幽默活泼的性情。

性灵之说，早在刘勰《文心雕龙》出现："文之为德也大矣，与天地并生者，何哉？夫玄黄色杂，方圆体分；日月叠璧，以垂丽天之象；山川焕绮，以铺理地之形。此盖道之文也。仰观吐曜，俯察含章，高卑定位，故两仪既生矣。惟人参之，性灵所钟，是谓三才。"又说"岁月飘忽，性灵不居，腾声飞实，制作而已。"诗写性灵，后来一直为诗家推崇。

性灵是什么，照刘勰所指，是人的精神、性情、情感。天地这两才，唯有人参与其中才成气象，因为人会将自己的精神注入其间。所以宇宙仅有天与地是不够的，需有人参与，这样一来，宇宙是天地人三者构成的。所以他指的性灵是人的性情。所以将性情称之为性灵，是强调性情的灵动变化，即所谓"性灵不居"。

文学中所说的性灵，性是指作者的性情，灵是生鲜灵动之意。意谓将自己的性情写得生鲜灵动，表现出来的情感真实，生动，鲜活。

性情，是两个部分。情，是人之常理，人类共有的喜怒哀乐。性，是个人独具的情感，谓之个性。而个性，是个人在特定的时间地点产生的情感，亦即对特定对象的看法。因而诗中抒发的情感，是具体的，唯一的。因其独特性、唯一性而成为个性。

诗中性情自然是作者的性情，具有强烈的自我色彩。这个"自我色彩"的存在，可以是多种方式。请看高先生诗：

一是诗中直接有"我"字。如《唐山南湖偶得》："曾经噩梦忆沧桑，濯我诗心淡我狂。多少红尘纷扰事，都从风浪转清凉。"唐山南湖水濯洗我的诗心，使狂热的我淡泊下来。《遥想高昌城》："苍凉随落日，天地举如杯。谁卷群星去？我擎孤月来。流沙追梦远，断壁入诗哀。瀚海春风渡，心花次第开。"我高擎着一轮明月来到高昌城。《壬辰中秋宿孙栅子村》："山去秋寒入骨清，香来花野逐人行。举头圆月澄光泻，洗我心胸俱透明。"我抬头望明月，月光流泻下来，洗涤我的心胸，将心胸洗得通明透亮。这三首诗中皆有"我"字，具有强烈的我的色彩。

二是诗中没有"我"字，以动词表示我。如《松下》："松下问诗艺，言诗与水似。只在此心中，流向情深处。"诗的首句是问,以问字代表我的存在,是我问松树。有的动词置于题中,如《怀袁崇焕》:"朱门深处谤言兴,皇玺重时臣命轻。万剐千刀余铁骨,此心空似玉壶冰。"是我怀袁崇焕。《金牛山古猿人遗址怀古》:"先民遗迹世间稀,燧火熊熊与梦飞。邪许声中浑沌醒,几行青史悄然归。"是我怀古。

三是以我口气。如问的语气。《小枨触》"一笑看红紫,贪痴争未已。荷前咫尺波,谁识沧浪水?泥淤岂必哀,晴晦任天裁。雾重青萍仄,风轻蕗苔开。"谁识沧浪水?是我问,问而不答。《张家界遐思》:"奇山秀水自多情,未必张家擅此荣。一界青岩分俗念,白云深处淡浮名。"两首诗皆有问的语气,前者直接问,后者反问。

四是以我身体某部分代表我。如"那缕阳光照眼明,清风还拂柳烟轻。某些情节来心底,偶尔回眸猛一惊。"(《辛中路口占》)诗中的"眼明""心底""回眸",是我的眼明,我的心底,我回眸。

五是以物代我。如《生查子·兰花草》:"幽幽独自香,淡淡兰花朵。筇杖却难寻,总教青山锁。惯居寒谷深,厌被红尘裹。喧嚷那些风,不改清清我。"是用兰花草代替我,表达作者洁身自好,不落尘俗的性格。《鹧鸪天·胡萝卜小唱》:"性淡心清滋味平,红颜仍似火般呈。叶肥未必攀高干,根硬缘由入底层。风岂惧,雨何惊,从来大地寄深情。身家不共人参比,一愿萦怀在众生。"这个胡萝卜实际上是作者的化身,胡萝卜唱的是作者的心声。

一首诗中多种方式并用,性情更浓烈。如《和蔡世平兄》："谁染苍山润？谁梳岸柳新？杖头簪小朵，我有一枝春。"题目的"和蔡世平"，是我和蔡世平的省略。首联两个问，加上结句的"我字"，自始至终充满着"自我"，弥漫着浓厚强烈的个性。

诗注入了性灵便会生趣。清·袁枚《《随园诗话》云："杨诚斋曰：'从来天分低拙之人，好谈格调，而不解风趣，何也？格调是空架子，有腔口易描；风趣专写性灵，非天才不辨。'"杨诚斋得出这个结论是有来由的。杨万里所处时代，江西诗派在诗界影响很大，流行作诗注重文辞格调，以学问为诗，重在说理。他早年模仿江西诗派，写了一千多首，翻出看，不满意，觉得少了灵气，诗味不足，一把火烧了。便从头开始，着重风趣，将性情写入诗，遂在当代另成一家，人称诚斋体。这个观点是他诗歌创作经验与教训的总结。

杨诚斋指出了风趣与性灵的关系，欲得风趣需写性灵，写出性灵便有风趣。而诗是否有趣又是个不可轻视的问题，关系到诗的成败与品位高低。明·李贽说："天下文章当以趣为第一。"（《容与堂本李卓吾先生批评《忠义水浒传》第五十三回回评》）明·高启亦说："诗之要，曰格，曰意，曰趣而已。"（《高太史凫藻集》卷二《独庵集序》）前者强调趣居于诗文首要地位，后者说趣是诗三个基本元素的一个，不可或缺。

清·陈衍则指出趣味是写诗最重要的，且是有益无弊的。"诗有四要三弊：骨力坚苍为一要，兴味高妙为一要，才思横溢、句法超逸各为一要。然骨力坚苍，其弊也窘；才思横溢，具弊也滥；句法超逸，其弊也轻与纤；唯济以兴味高妙则无弊。"(《石遗室诗话》)所以，历代名家皆强调趣味对诗的重要，如宋朝苏轼评柳宗元《渔翁》诗云："诗以奇趣为宗，反常合道为趣。"明代袁宏道亦曾云"夫诗以趣为主。"(《西京稿序》)高昌先生深知其中奥妙，重视以性情入诗，写下了许多有性情，具风趣的诗，读来令人不觉动容。

一是因有情趣而感动人。如《案上水仙》："妻恐诗情淡，春留一小盆。"妻子担心丈夫写的诗情调淡了，或者为了激发丈夫的创作欲望，特意在书案上放置一小盆水仙，表现的是夫妻爱情。如《天坛回音壁》："巧匠当年筑此墙，堂堂金碧饰辉煌。可怜黔首呼声远，何日回音到帝乡？"写的是站在回音壁听到了自己的回声，由此联想到皇帝，我站在天坛能听到回声，皇帝在京城能听到百姓的声音吗？皇帝莫要高高在上，听不到百姓呼声，不理会百姓疾苦呵！抒发的是忧民爱国之情。这两首小诗，皆借景生情，睹物思人，情感表达十分自然，读者在不经意间受到感染。

二是因蕴理趣而启迪人。如《咏伊犁天马》："振鬣风云起，扬蹄血气腾。天生千里足，最盼脱缰绳！"尾联看是写马，实则蕴含人情事理。马行千里，却又受缰绳所束，人们享受着自由，却需要遵守法规。受缰绳所束时想挣脱，可是想过没有？社会没有一定的约束，会是什么样的。"池边小儿语，千古起回声。红掌寻常物，拨来沧海惊。"(《题骆宾王咏鹅亭》)诗表面上写的是骆宾王咏鹅亭，和骆宾王的咏鹅诗，细品之时会发现上下两联皆有寓意。"池边小儿语，千古起回声。"是否有自古英雄出少年的意味，一个小孩，一首小诗，也切莫轻视。"红掌寻常物，拨来沧海惊。" 是否表示：寻常物亦能惊沧海，小可以搏大，平凡与伟大能够转化。其中有大与小，平凡与伟大的哲学意味。

三是因具景趣、谐趣、语趣而愉悦人。如《霜天晓角·昌黎黄金海岸观浪》："柔似轻纱。那顽皮浪花。扯地牵天拍岸，轻一滚，笑声：'哗……'风来说个佳。雨来还美些。万顷波涛齐唤：'归去也，海天涯。'"词营造了一幅有趣的景色：昌黎黄金海岸，浪如顽皮的孩儿，轻轻一滚，笑出一声。一双小手，左手扯地右手牵天双手拍岸。清风细雨中，呼唤着"归去也，海天涯。"场景十分形象，鲜明，生动。读者如同看到活泼顽皮而又可爱的孩子，不也跟着孩子们快乐起来？又如《胖人心语》"清晨揽镜自悠闲，秋月春风带笑颜。心血管愁诗已淡，脂肪肝惹酒颇顽。高低世道沾微恙，冷暖人情侃大山。非是寒生矜傲骨，硬来腰腿歉难弯。"作者有点胖，应该是写自己的真实感受，有胖带来的些许烦恼，更多的是生活的自在、悠然，生性的高傲与不弯腰的骨气。通篇洋溢着幽默和谐趣，读了不由会心一笑。

《金鞭溪印象》"打著跟头翻出家，细流淘似野丫丫。金鞭抽得风儿跳，几朵顽皮小浪花。"营造了一个生鲜活泼的情境，金鞭溪里既有疯了的野丫丫，又有顽皮的小浪花。而且巧妙运用"金鞭溪"三个字，金鞭抽得风儿跳，溪流淘似野丫丫，溪里的浪花正顽皮着。读者在享受美景的同时，也享受着语言的趣味。

高先生的诗写得如此有性灵，富风趣，且用当代语言，平易亲切，怪不得读者喜欢。显示了他的诗词功力，也证明了他的天份。当然，杨万里认为天分低拙之人不解风趣的观点有失偏颇。我以为，凡能作诗者，应该是都有一定天份的。写诗的能力，既有先天带来的也有后天修养的。天份略低者也可以通过后天修养逐渐提高能力，性情也会有所变化。既使天份略低者也可修炼，尤其是修炼思维方法，增强思维的开阔性，创造性，多维性，弥补先天的不足，将诗写得有灵性，有风趣。

附：高昌诗词精选赏析

章珺程　赵浩淇　张驰

乡情四韵（诗略）

《乡情四韵》风格清新质朴，情感平淡真实。

第一首写思乡，想念家乡的香椿，仿佛嫩椿这个时节约我归乡，实际上是归心急切，裁出嫩叶长在故园椿树上叫我回乡。构思巧妙，情真意切。

第二首写童年时光，小时贪玩，夜深了池塘蛙鸣，似在催我回家，如今我在外，身为游子，想起这美好的童年与家乡，又想要回家了，而且是儿时"光腚"一样，抛却世俗烦恼。家乡是一方港湾，能让人卸下心防。表达对于家、乡的热爱。

第三首写打枣，这看似平常的活动，可这枣的滋味蕴藏着家乡独特的味道，这枣的滋味蕴藏着诗人表达不完的情思，"一咬一行诗"诙谐生动。同样表达了对家乡的热爱。

第四首写儿时下雪，母亲唤我"堆个雪人儿"，画面生动，引人联想，遥远的时光依然历历在目，如今慈母已老，家乡已远，虽然诗作本身活泼自然，却又意味深长。

四首诗从不同角度描写对家乡对儿时岁月的热爱怀念，但有此感受者，皆能引起共鸣，诗词清新质朴，感情却又绵远平淡，让人回味。

闻马航 MH370 航班客机失联，怆然有作（诗略）

《闻马航MH370航班客机失联，怆然有作（其一）》这首诗作是高昌老师听闻马航H370客机失联之后所做。

"风卷洪澜愁似雪，网传微信乱如丝"，将愁绪与焦急物化，如雪如丝一般，生动而形象，题材紧扣时事，体现出诗人心系国家，忧国忧民的情怀，诗作字里行间表现出对于不幸的悲痛以及等待消息的急切焦虑。

"家山芳草参差绿，那瓣心香犹待谁？"更有对于大洋彼岸飞机上失联的中国同胞来自家乡的呼唤，情真意切跃然于纸上，令人动容。

凭望远镜遥望金门岛（诗略）

《凭望远镜遥望金门岛》这首诗作是高昌老师于厦门游玩时，隔海相望金门岛而作。

台湾是中国自古以来不可分割的一部分，如今隔海相望，令多少中华儿女痛心，诗人用望远镜远望金门岛，眼可见却不可及，一句"手恨难随眸子远，空调焦距到金门"体现出诗人内心的对于祖国统一的渴望与对现实的无可奈何之间的矛盾，流露出真切的爱国情怀，更是高昌老师忧国忧民的表现。

京城暴雨小记（诗略）

这首诗是作者描写北京暴雨情景，虽是写实，却为浪漫主义风格，读来酣畅，尾联转折，意味深长。

【附注】

本文为西安交通大学章珺程等同学为金中教授所主持的诗词通识课目中的"2018 高昌诗词研究"提交的研究报告。

留言

三思而诗

高昌

第一思：珍惜"诗人"这个称呼

"诗人"是个可爱的词汇，这一社会角色在公众心目中本来是美好健康的，现在则塞进来许多杂七杂八五光十色而又怪诞无稽的东西，甚至还有"诗人"以这些东西为时髦、为风度，成了"诗人"之外的那些人茶余饭后拿来冷嘲热讽的可怜可笑的……一种病。

诗人的健康的社会形象需要社会的重新认同，也需要诗人自己的重新建构。诗人需要美好的语言，更需要美好的行动。

确实，诗人需要个性，需要差异性、地方性、民族性、创造性……但是这种多元的艺术形态下面有一元应该是统一的，这就是对"真、善、美"的认同和追求。

诗人也是人，是雄浑的时代交响乐中一个和谐的音符，而不是一声难听的噪音。这种和谐有三个方面：（1）诗人与社会的和谐。诗人是社会的人，"真、善、美"是融化在诗人血液中的盐。（2）诗人与自然的和谐。某些诗人的病态的怪癖是诗人的缺点，而不是诗人的标志，更不是让人津津乐道的效仿对象。（3）诗人与心灵的和谐。诗情是非人工的、天性的、本色的、随心所欲的。

老诗人郑敏前几年在《诗刊》曾提出过诗人需要自救的话题，这个话题很沉重，也令人感慨很深。另一位老诗人公木生前曾专门给我寄来郑敏先生的这篇文章，嘱我用心读一读。其实我不仅读了一读，而是用心地读了好几读。郑敏先生的论述，给我许多启发。我想，诗人需要自救，但首先更需要自律。要把解剖刀和显微镜先对准自己，先向自己灵魂中的毒瘤动刀。自律正是自救的基础，也是自救的关键。扫帚不到，灰尘照例不会自己跑掉，屋子里的灰尘是这样，心房里的灰尘也是这样。吃五谷杂粮，食人间烟火，谁又敢自诩自己是"本来无一物，何处惹尘埃"呢？只有"时时勤拂拭"，才可以真正做到"勿使惹尘埃"啊。

近来读到书画名家林散之先生的一则轶事，说是他生前自题的墓志铭上只有几个字：诗人林散之墓。林先生的诗名并不及他的书画名之盛，他为什么舍书画而只字不提，反而只提自己的诗歌呢？况且书画的润格如今越来越高，而诗歌的稿费却少的可怜，林先生为什么愿意用诗人的名号来给自己"盖棺论定"呢？倘若此传说不错的话，我相信林先生肯定是把"诗人"这两个字看作了美好人生的象征。有从艺的一面，也有做人的一面，林先生的不凡的人生旅程有许多复杂的内容，林先生自己以一言以蔽之，曰："诗人。"

的确，上下求索，左右探寻，风雨跋涉，悲喜交集，大千世界的光怪陆离，百年沧桑的阴晴圆缺，最后浓缩成一首简单的诗——题目也仅仅只有两个简单的笔画，叫

《人》!

诗这东西带给我们的可能并不是荣华富贵，比如"冠盖满京华，斯人独憔悴"是杜甫对李白的际遇所发的感慨。至于这种悲凉和寂寞，作为杜甫本人，又何尝能免？最近读一本杜甫的传记，对杜诗中"百年歌自苦，未见有知音"句颇有感慨。诗人的称呼确实不是高官厚爵，确实不能成为进身的敲门砖，但却是拨云破雾的灿烂光芒。这光芒能穿透时间和空间，能帮我们照亮前行的道路。倘若这光芒蒙上了云翳，我的脚下就或许会多一些曲折和徘徊。我很珍惜诗人这个称呼。这个称呼美好庄严，但是也悲壮艰辛。我愿终生背负着它，哪怕它就是那沉重的十字架。

第二思：律为我之助 我非律之奴

汉诗的格律是前人根据汉语言的发音规律摸索出的艺术经验和学术成果，在帮助诗人表情达意尤其是增加诗歌的音乐性和节奏感方面，发挥了很多很好的积极作用。不过，这些格律终究不是判断诗歌成败的金科玉律，更不是诗歌创作的终极目的。无论多么精美的节奏、多么工整的韵律，也只是好诗的手段，而不是好诗的标准。《静夜思》《咏鹅》《送元二使安西》等等名篇并不死守格律，不是也打动了很多人的心，受到很多人的喜爱吗？

当代诗坛，有很多我很尊重的诗人在坚守平水韵、词林正韵，我也很喜欢他们谨循旧韵所奉献出来的精美的艺术佳作。不过，我喜欢他们的作品，是因为文本中的才思、情怀所带来的心灵感动，而不是因为他们采用的声韵和格律。

　　因为从事诗词编辑的原因，我在具体工作中一直严格遵循新旧韵双轨并行的编辑原则。不过，如果单纯就个人观点来发言，我认为某些死抱着佩文韵府、词林正韵等等旧韵书来固执地开历史倒车的思路，是行不通的；某些扬扬得意地辨认几个入声字就摇头晃脑以为是得了李杜真传的冬烘先生，也是很可笑的。极少数的用长满青苔的科举考试的枯涩目光来打量活色生香的当代创作、或者带着削足适履式的狂热宗教情绪来围剿诗韵诗律创新努力的乡愿师爷，就更是可怜和可叹的了。天地本来大，好诗在天然。那些拘泥在昨天的"古色古香"里的人物，不是自由率真的诗人，而只能称之为偏激偏执的律奴。

　　每逢听到某些所谓的诗人不问诗的内容好坏，就先从韵啊、平仄啊等等角度指指点点，并以此来显示自己有学问，显示自己懂诗、懂韵、懂古字音，我就常常想起一个网上流传的小故事：有一个老禅师收养了一个童子，这童子天真烂漫，不懂佛门规矩，有时还像孙儿一样摸着老禅师的光头撒娇嬉闹。后来有个行脚僧来到寺里寄宿，就叫住那童子，严词峻句，教他一些寺院里的礼仪。到了晚上，老禅师从外面回来，这童子马上上前行礼问安。老禅师很惊讶，便问："谁教你的？"那童子回答："新来的和尚。"老禅师找到行脚僧，冷冷质问："我这童子养了两三年了，怪可爱的，谁让你教坏他！"

　　这个故事，讲的是参禅的道理。而对我们的诗人而言，也可以带来一些作"死诗"还是作"活诗"的感悟。诗歌就像那个天真活泼的孩子，任何刻意的装饰和做作的规矩，都会败坏和歪曲了那份发自内心的清纯和自然。律为我之助，我非律之奴。有格律也好，没格律也好，根本不必去生搬硬套，更不用去刻意雕琢。读一读屈原，读一读陶渊明，读一读李太白，就会知道大象无形，大音希声，大诗人无拘无束……岂能让"格律高悬霸主鞭"？

在编辑工作中，我经常会读到一些句子很精美的所谓诗词，虽然对仗工整，平仄和谐，但是总感觉其中少了点什么东西。不能打动人心。少了什么东西呢？就是少了作为当代人的作者自己对人生、对社会的体验和思考。一位与当代的社会、人生完全绝缘的诗人，他的那些才情、学识、文化修养、格律知识、语言技巧……还能获得欢蹦乱跳的生命吗？我表示怀疑。

以个人观点来看，诗歌的魅力，不仅仅在于"怎么说"，更重要的还是在于"说什么"。因为说什么，关系到一首诗能起什么作用。而凡是让人称赏的现当代诗词作品，无论是郁达夫的，还是聂绀弩的，还是其他一些大家的精品力作……大都能够呼喊出自我的声音，体现出鲜明的个性。他们大都是以坚定而真实的姿态，屹立在现实生活的热土上，而不是满足于在古人的意境和格律中间捡拾一些鲜艳夺目的下脚料，然后修修补补，改头换面，制造些二手诗歌。

前人的社会生活跟今天不一样，没有什么可比性。但，从技术角度来说，前人为我们提供了平仄格律等丰富的艺术经验，可以说我们是完全站在了前人的肩膀上。活力无限的当代诗词，的确应该比前人看得更远，攀得更高一些。当代旧体诗词要想从我国古典诗词已经形成的艺术规范中成功突围，首先就应该投入火热的当代生活，反映真实的当代社会。诗人的精神等级、思想层次、人性亮度、情感温度，诗人所独立发现的生活真谛和社会真实，才真正代表着诗歌的质量和重量，是写作的高度和深度，同时更可以成为评判诗歌的一种关键的艺术尺度⋯⋯

需要说明的是，我并不是轻视诗歌的格律和艺术技巧，而是反对把格律、技巧引向平庸、呆板的艺术藩篱，甚至成为装饰型的艺术附庸。诗歌所独具的创造活力，不是来自严苛工稳的格律，而是来源于复杂生活的剧烈撞击。每一个诗人，都应该首先诚恳地面对生活。而不是仅仅沉溺在文字平仄和韵律上下功夫。格律是个好东西，但格律要为诗所用，为诗服务，要为诗歌安上飞翔的翅膀，而不是束缚前进脚步的绊马索。而诗歌的最终目的当然要为时所用，为世所用，为人生所用。这些写在纸上的文字一定要投入到更广阔的社会生活中去，加一些砖，添一些瓦，碰撞出一些火花，增加一些亮色和光彩。

老子曾用"埏埴以为器，当其无，有器之用"为例，来解释"有之以为利，无之以为用"的道理。诗歌的格律，也是只有和"无"辩证地配合起来，才能在诗歌的创作和传播中起到应有的艺术作用。过分绝对地片面地强调和坚守，反而会因其刻意和矫揉造作而直接减弱诗歌的表现力和感染力。

诗歌是诗人心灵深处发出的光芒，这光芒不是来自于格律、平仄等等技术性的手段，而是大写的"人"字在激情燃烧。这光芒不是只用来炫耀和消遣的装饰品，而是能够投入到社会人生中去的真情的火炬⋯⋯古人说："诗可以兴、可以观、可以群、可以怨⋯⋯"我想，还可以加上一条："诗可以用。"诗可以用自己的火去点燃旁人的火，也可以用自己的心去发现别人的心。

第三思：寻找诗篇的核儿

聂绀弩先生说："吾生俯拾皆传句，那有工夫学古人"。元稹称颂杜甫时也说过类似的话："怜渠直道当时语，不着心源傍古人。"二者所言，极为相似。都是强调诗歌应该立足现实生活的意思。

聂先生落拓不羁，口无遮拦，我行我素，独步诗坛。他的许多诗句虽然很平易，却都有着深刻的生命体验。像"男儿脸刻黄金印，一笑身轻白虎堂""文章信口雌黄易，思想交心坦白难"……都令我反复吟味，爱不释手。这些句子很漂亮，但这只是表面现象。聂先生站在千千万万"受难者"的立场上反映的真实深刻的人生，才是这些诗篇的"核"。对于当代旧体诗坛某种程度上某些范围内所呈现出的凌空蹈虚的流行倾向，聂先生的努力是有着旗帜性的功绩的。

"天意君须会，人间要好诗！"白居易说得很对，人间的确是需要好诗的。不过，要真正写好旧体诗词，并非"熟读唐诗三百首"之后便可"不会吟诗也会吟"的。要写好旧体诗，需要才情、学识、文化修养、诗词知识、语言技巧……而这其中更重要的，我认为还是要有一颗向真向善向美的敏感鲜活的赤子之心。现在有一些旧体诗词作者的艺术修养达到了很高的境界，出现在他们笔下的句子也很精美，对仗工整，平仄和谐，但是，主题、意境、词汇、句式却都给人以似曾相识的印象，总感觉其中少了点什么东西。少了什么东西呢？就是少了作为当代人的诗人自己对人生对社会的体验和观察，或者说是自己的思想和情感。陆游的"功夫在诗外"，正是在纠正了他早年学诗"但欲工藻绘"的偏颇之后领悟出来的。没有自己的观察和体验，而仅仅满足于克隆古人的意境和辞句，仅仅满足于"工藻绘"的诗词，留给读者的印象当然也就是不痛不痒不咸不淡不尴不尬的了。这样的诗篇虽然看上去很美，但是因为没有核儿，也就失去了重量和血性。

很多年前，我曾听到魏巍老人在一次诗人聚会上的发言。他说："现在的诗离我们的工农群众远了一点，希望在座的诗人不论是什么流派，以什么形式，要多反映现实、反映工农群众的生活和命运，这样的诗才有生命力。"后来读到新华社报道诗会的消息，特意将魏巍称作"著名作家"，以与贺敬之、刘征等"著名诗人"相区分。其实魏巍也是一位老诗人，著名的《晋察冀诗抄》的作者之一。他在那次诗会上所说的也本是一番"老话"，然而却让我产生了很多很"新"的感慨。因为现在的很多很"新"的诗歌，不论是新诗也好，还是旧体诗也好，距离工农的确是太远了。

这里的工农也是一个"老词"，很多新诗人已经不屑于用这样的字眼来谈论问题了。我想推而广之，将"工农"作为"大多数人民"的代称也未尝不可。现在的"工农"可能早就被某些诗人在自己的词汇表里边缘化了，因为"工农"没有财力给诗人们送赞助，发不出几声"像样"的赞美，甚至根本没有时间和精力来读一行诗，但他们是我们这个社会的脊梁。

现在的一些有雅兴的诗人，是很讲究"诗意地栖居"

的。他们用诗词来感时伤世，喟叹人生，寄情山水，其乐融融。在这种"诗意"着的诗人的笔下，偶尔也能看到"麦子""民工"之类的字眼，可这些字眼是被当作了"诗意"的点缀，就如同才子佳人书案前的小摆设一样。这种"诗意"不是来自于真实的生活体验，也不是生命的真实感受。因而也就像塑料花一样，尽管很漂亮很精美，但是没有芳芳。虽然诗歌出版物和诗歌网站日益增多，虽然那些所谓写新诗或者写旧体诗的诗人们自己闹腾得也挺欢——互赠封号、互相吹捧、互相发奖、互相串连……但是另一方面，读者对这样的诗歌和诗人们却也越来越"敬而远之"。

现在一些诗人在大讲特讲要"贴近实际，贴近生活，贴近群众"，可是他们这种"贴近"仅仅停留在了冠冕堂皇的口号上。贴近什么样的实际？贴近谁的生活？贴近什么样的群众？魏巍老人认为反映现实、反映工农群众的生活和命运的诗"才有生命力"，这个"才"字，可能有点绝对，但也不失为拯救诗歌命运的有效途径之一。诗，贴近谁？站在谁的立场上？这的确值得诗人们认真思索。

就当前而言，真正的工农生活，并不总是充满"诗意"的。他们劳作在辛勤的汗水里，生活是残酷而真实的。贴近工农，不是像香油"贴近"水面一样，抒发些士大夫式的不痛不痒的感叹。而是应该扎进生活的底层，真正认识工农身上那种蓬勃的创造力和昂扬的精神状态，真正理解他们坚韧顽强的生存信念和苦辣酸甜的内心世界。写新诗的郭小川说过："诗是一条闪光的、叮咚作响的河流。"这河流为什么"闪光"？因为其中荡漾的是太阳的光辉。这河流为什么"叮咚作响"？因为其中澎湃的是大海的向往。

假如这"河流"仅仅在自我的"诗意"之中"栖居"，那就不是河流，而是微弱的小溪，甚至还有可能成为死水一潭。

我们诗篇的核儿，应该在哪里寻找？

答曰：从滚烫的内心出发，到广阔的生活中去。

答《新文学评论》问

高昌

一、请介绍一下您走上旧诗写作之路的历程，有哪些关键节点和事件？

我的诗词道路，简单而透明。就像从悠悠春波到盈盈秋水——流动的是时间和空间，不变的是初心和本真。

我开始写诗的年纪很早，中间也没有间断过。这一路走来，白纸黑字，无法遮蔽和掩盖，也无法删改和修订了。

我的祖籍是河北省晋州市周家庄乡九队，这里号称"最后的人民公社"，是我国至今唯一保留乡级核算制度的地方。九队并没有设在周家庄村，而是在该乡下辖的另一个自然村，叫北捏盘。北捏盘村按南北方位分为九队和十队，直接隶属于周家庄乡管理。我爷爷担任过北捏盘村的抗日村长，他和奶奶最后也安葬在这里。也就是说，北捏盘村有我们家的祖坟。而我，则出生在离北捏盘村15公里的辛集市（旧称束鹿县），并在辛集长大。

1958年前后，晋州（当时叫晋县）曾经和辛集、深泽合并成一个县，都叫束鹿县，大约三年后再分开重设。这期间，束鹿县兴起过一场颇具规模的民歌运动，并在随后持续了20余年的时间。到我上小学的时候，我所在的辛集九街大队以及我就读的小学，也继续并且经常举办赛诗会之类的热闹活动。记得三年级时，老师还让我在赛诗会上朗诵过诗歌。而我对诗歌的初步认识，包括对韵脚、节奏、句式等诗词知识的简单理解，都是在那时候就开始了。

到我上初一的时候，形势已经改变了。老师对我们的功课，开始抓得紧了起来。其中一个重要标志，就是要求每周必须完成两篇日记。实在完不成作业的时候，我忽然想起来重操旧业，用四句一首的诗歌来抵数。老师不仅没有批评我，反而把我的诗当作范文在全班朗诵，这让我大受鼓舞，并逐渐以诗人自居，大有长大以后要靠此过日子的架势。王力先生的《诗词格律》，我当时也开始囫囵吞枣地读了一点。

1982年9月，我考入河北无极师范学校。师范学校当年很难考，录取分数比全国重点中学还高几十分。去报到的路上，同学裴孟旭说起他的老师给报社投稿的事情，鼓励我也试试。所以我到无极师范之后的第一件事情，就是撕作文本，然后用来投稿。那时投稿不用贴邮票，甚至也不用糊信封，只要把稿子叠成长方形用钉书机钉好，在背面写上"某某报刊收"字样并注明"稿件"，然后放进邮筒，就算完成了一次投稿流程。我就是这样，向石家庄《建设日报》投寄出了平生第一份稿件——从作文本上撕下来的一篇《秋》。很幸运，1982年11月10日，《建设日报》果真给我刊登了出来，还把《秋》编在诗歌栏目里，称为散文诗。

素不相识的责任编辑李文雁老师寄来一封署名信，鼓励我今后继续写诗。这对一个乡下少年来说，真是一个巨大的鼓励。随后，报社还给我寄来一小笔稿费。当时不懂邮局取钱手续，从无极县城到无极师范学校有三里地远，我来回步行往返了好多次，最后花一毛钱刻了平生第一个名章，才算把款取了出来。虽然这样的过程十分麻烦，但心里的感觉一直都是美滋滋的。

那一年，我15岁，正式立志一生写诗。于是，我的所有课余时间，都沉浸在诗词里边去了。后来，随着我的诗越写越多，也渐渐引起一些外界注意。1984年5月，《语文报》的编辑阮有道老师来信约稿，让我为该报写过一首挺长的朗诵诗《五月的歌》。《新地》杂志主编刘章老师为我撰写的一篇热情的评论，无极师范校长曾经在全校教师会议上朗诵过，使我在师生中变得非常有知名度……我在无极师范学校的写作"生涯"，一直受到学校老师们各种各样的热情鼓励。记得快毕业的时候，学校曾经专门为我举办过一场个人作品报告会，让我介绍"写作经验"，还组织同学们朗诵我公开发表过的所有诗作。同学陈建收在无极县委宣传部工作的叔叔应邀到会采访，后来还在《建设日报》上发表过一篇关于我和这个报告会的侧记。

从喜欢写作开始，我就一边写新诗，一边同时写旧体诗。石家庄地区文联一年一度的诗会上，我一直是参会者中比较孤独而立场异常坚定的"传统派"。记得1988年2月，诗人边国政老师在《诗神》杂志评论我，说我在诗会上常常像小斗鸡一样捍卫自己的传统派立场。我当年，可能确实是那个样子跟诗友们进行激烈辩论的。

1987年我考进河北大学作家班，重新获得了上大学读书的难得机会。我的前后两任班主任许来渠老师和韩成武老师，都对诗词创作和研究颇有心得。已故诗词名家顾随先生的女儿顾之京、女婿许桂良二位老师，也分别给我们上古典文学和文艺美学的课程。我的写作兴趣之所以逐渐从新诗更多地转入了旧体诗，跟大学里这样一个令人沉醉的诗词氛围是有很重要的关联的。

　　1989年我毕业离开河北大学，本来已经准备参加北京大学作家班的考试。从河北省作协开了证明，也到北大中文系报了名，可是随后发生了一些变故，再随后结婚生娃，出去上学的心就逐渐淡了下来。再再随后，无论生活怎样波诡云谲、起伏变幻，我的诗词道路却一直继续了下来，从来没有放弃过。反正就是不停地写、不停地写、不停地写罢了。

二、请问您平时是否阅读新诗？与新诗作者有否交流？您认为旧诗与新诗应该是一种什么样的关系？

　　我平时是阅读新诗的。前些时为中华诗词研究院编选了一本民国时期的新诗集（《现代诗歌书系·新诗卷》），对1949年前的中国新诗进行了一个系统的梳理，对新诗上升期的艺术成就有了一个更真切的印象。另外我还为广东人民出版社编选了一本民国时期的爱情诗集（《世间美好的事情是爱有回应》）。民国时期的许多新诗作品我都很喜欢，比如刘大白先生的《秋江的晚上》、鲁迅先生的《人与时》、沈尹默先生的《月夜》、胡适先生的《醉》、刘半农先生的《我们俩》、郭沫若先生的《静夜》、陆志伟先生的《流水的旁边》、刘延陵先生的《水手》、宗白华先生的《夜》、周太玄先生的《过印度洋》、叶挺先生的《囚歌》、康白情先生的《江南》、徐志摩先生的《黄鹂》、朱自清先生的《细雨》、闻一多先生的《死水》、应修人先生的《小小儿的请求》、穆木天先生的《水声》、李金发先生的《记取我们简单的故事》、废名先生的《宇宙的衣裳》、石民先生的《谢了的蔷薇》、饶孟侃先生的《蘅》、沈从文先生的《颂》、胡风先生的《虽然不是爱人》、冯雪峰先生的《山里的小诗》、林徽因先生的《一串疯话》、朱湘先生的《当铺》、戴望舒先生的《烦忧》、汪铭竹先生的《春光好》、冯至先生的《南方的夜》、臧克家先生的《反抗的手》、蓬子先生的《我愿我的心是一条可爱的小径》、邵洵美先生的《季候》、阿垅先生的《无题》、沈祖棻先生的《你的梦》、曼晴先生的《打灯笼的老人》、卞之琳先生的《断章》、艾青先生的《树》、公木先生的《我爱》、辛笛先生的《风景》、何其芳先生的《欢乐》、鲁藜先生的《泥土》、何达先生的《我们开会》、田间先生的《给战斗者》、孙艺秋先生的《蔚蓝的日子》、穆旦先生的《春》、丹辉先生的《孕育新的中国》、陈辉先生的《献诗——为伊甸园而歌》、吴兴华先生的《绝句四首》、绿原先生的《航海》、贺敬之先生的《生活》、吴其澈先生的《彻夜无眠》、柳木下先生的《我，大衣》等等。总起来说，我喜欢那些充满节奏和韵律感、清浅、优美、温暖的新诗作品。

我少年开始写诗，最早得到诗人刘章、边国政两位老师的热情鼓励。他们在我读书时期都曾经为我撰写过评论文章。后来我能够带着工资去读河北大学，得到边国政老师和青野老师的支持。上世纪80年代末，我还和诗人公木先生有过一些诗歌观点方面的交流，并得到先生的耐心指点。公木先生过世十周年的时候，我出版过一本《公木传》。另外，我大学的同班同学杨如雪、代红杰等都是很有名气的写新诗的诗人，我同曹增书老师和小桦兄、席晓静兄等写新诗的河北诗人也有过深入的交往。

关于新诗和旧诗的关系，我曾在2002年9月17日《中国文化报》发表过一篇文章，题目叫《新体与旧体　何妨比翼飞》，文章是这样写的：

"北塔先生在近日发表的题为《旧体诗能拯救中国诗歌吗》文章中说：'旧体诗之所以弄到对旧诗传统成事不足败事有余的地步，主要是因为弄旧体诗的人的素质实在不敢恭维。'这样的观点，我不赞成。只要想一想鲁迅、郁达夫、聂绀弩、钱钟书……这些'弄'旧体诗的人的'素质'，就可以想见北塔先生此话的偏颇。

旧体诗和新诗，都是诗坛的客观存在。究竟中国诗歌是否到了需要'拯救'的危急关头另当别论，即使真要'拯救中国诗歌'，也得靠旧体诗人和新体诗人的共同努力。北塔先生本人也承认'诗的核心是深刻的思想和深厚的感情'，那么，只要是好诗，又何必计较是旧体是新体呢？

因为旧体诗在'五四'以后曾经遇到过一些曲折，所以人们对它在新时期的复兴给予的关注可能多一些，这种'复兴'带给人们的阅读快感可能更强烈一些，美学期待也可能更迫切一些。可是，对旧体诗的这种关注和期待，并不是要否定新诗的存在。我本人曾经撰文呼吁过'旧体诗一席之地'，主要也是针对一些人对旧体诗的偏见，表达一些自己的看法。说到底，我还是真心祝愿旧体诗和新诗能够携起手来，共同振兴诗坛。

最近分别读过胡乔木和聂绀弩的两本诗集，里边有新诗，也有旧体诗。实际上许多写新诗名世的诗人，也在写旧体诗。另有一些写旧体诗名世的人，也在写新诗。他们的创作实践本身就表明，新体和旧体并不是水火不相容的仇敌。何必非要弄个新诗的山头，再臆想出一个旧体诗山头，然后一争高低，看谁是诗坛正宗？

现在写旧体诗和读旧体诗的人很多，这本身就说明了旧体诗这一诗体的顽强的艺术生命力和美学魅力。伟人说过：'世上没有无缘无故的爱，也没有无缘无故的恨'，西哲也说过：'存在即合理。'旧体诗在当下诗坛的兴旺和繁荣，就是回击一切偏见的证据。说一千道一万，谁能得到读者发自内心的爱护和支持，谁的腰杆才硬。

对新诗抱有偏见不好，对旧体诗抱有偏见也不好。一花独放不是春，万紫千红春满园。新体和旧体，何妨比翼飞？"

另外，我还就同一话题在2002年9月12日的《文学报》发表了一篇《桃红李白，何必争谁是春天》、在2002年第6期《中华诗词》发表了一篇《旧体诗正在放射灿烂的光芒》。在后一篇文章中，我曾写过这样两段话："著名的九叶诗人之一的郑敏先生最近在《文学评论》发表的《中国新诗八十年反思》一文中，郑重提出了新诗向古典诗学习的命题。她说：'中国新诗如果重视诗学研究，首先应当发掘古典诗学中的精髓。'她认为新诗应该从'结构的严紧''对仗''炼字'等方面'向古典诗学习'。郑先生这里提到的是古典诗，并非当代人创作的旧体诗，但也使当代旧体诗人进一步增强了对这一诗体的自信心。其实就当代旧体诗人而言，也需要向新诗学习许多新东西，比如青春的朝气，创新的勇气，全球化的视野，东西文化的对接，活泼自然的灵思和清新活泼的口语化努力等等，都值得当代旧体诗人们加以借鉴和深思。"

十五年的时间过去了，我对这个问题的观点依然故我。

三、能否对当代旧诗写作的现状作一番全景式的简介，存在哪些圈子、流派和风格？都有哪些代表性的诗人和作品？您自己属于这当中的哪一类人？旧诗作者是否呈现出职业和年龄上的特征？旧诗主要的读者对象是哪些人？

当代旧诗写作，呈现出活跃、斑驳、蓬勃、兼容的良性艺术生态。各种主张各种风格各种水平的作品都有展示的空间，作者众多，读者也众多。

如果从影响和时间上来看，最早引起读者关注的当代旧诗流派是领袖派。毛泽东的诗词无疑是其中的重要代表。朱德、董必武、陈毅、叶剑英等，也都是其中有一定代表性的诗人。这一流派的共同特点是：善用白话，不弃用典，文白相兼，直抒胸臆，偏于议论，遵守格律。他们的诗歌能够直接、形象、深刻地反映政治生活，抒发自己的所思所想，带着豪放英武的典型个性。 伴随着这些领袖诗词的公开发表，形成一种特殊的文化现象。受其影响，当年很多诗人的作品都留有"领袖体"的烙印。高亨教授的"掌上千秋史，胸中百万兵……"，陈明远先生的"猪圈岂生千里马，花盆难养万年松"等等诗稿，甚至被误当作毛泽东的诗词在社会上流传。

另一个引人关注的流派，是绀弩派。最早可以追溯到聂绀弩先生的《北荒草》等诗歌的公开发表。在聂绀弩之外，先后出现了邵燕祥、舒芜、荒芜、杨宪益等众多的风格近似的诗人。李汝伦、熊鉴、何永沂、古求能等被称作岭南派的诗人，也有很多与绀弩诗歌相通的地方。这一流派的共同特点是：擅长七律，杂文入诗，寓庄于谐，嬉笑怒骂，了无拘束，忧思迸发。他们"屈刀为镜，点铁成金，大胆从事离经叛道的创造，焕发出新异的光采"，尤其善于从打油诗的角度切入现实，使用大胆夸张的口语和变幻奇诡的句式，表达内心的情感和思绪。单挑出一句来很平常，但组合到一起，却成为一个强大的气场，有震撼人心的力量。

这一类作者大多遭际坎坷，饱经风霜，所以他们的作品和他们的人生是结合在一起打动读者的。

真正从纯文本意义上受到读者关注的，我认为是三友诗派。这里指的是以臧克家、程光锐、刘征为代表的一个诗歌流派。三人是挚友，诗歌风格和艺术理念比较相近，并合出过《友声集》，所以他们的作品被称为"三友诗"。他们都有着深厚的古典学养和新诗写作经验，并着力从现实生活中开掘诗意，力求"三新"，即思想新、感情新、语言新。他们认为"如果旧体诗与时代脱节，与人民生活无涉，只能聊备一格而已。"三位诗人的作品师古、师今、师洋、师造化，大都推陈出新、热情洋溢、格调高迈、清新劲健。

　　因地域特色而著称的诗派还有以新疆诗人为中心的天山诗派和以北京诗人为中心形成的幽燕诗派。"天山诗派"有着鲜明的地域特色，呈现出一种清新劲健的艺术新貌。他们结合当地壮丽、辽阔、苍茫的边塞风光，用各种艺术手法表现军垦、怀乡、叹世等等各种复杂情感，互相唱和，相互交流，风格沉郁，慷慨悲壮，无论是在题材开拓还是诗境开掘方面，都留下了很多可圈可点的诗词佳作，提高了当代边塞诗的艺术品位。北京地处全国文化中心，最大的特色是诗社林立，诗人众多。幽燕诗派的作品呈现出一种雄浑豪放、幽思深沉的艺术风貌，如璞玉浑金，古朴苍劲，大气恢宏。其内容或反映社会变化和人生遭际，或抒发其内心的情怀抱负，大抵情辞慷慨幽深，格调刚健遒劲，质朴雄伟。

　　近年来，以口语入诗词的风习犹盛，无以名之，姑且称之为白话派。仅目力所及，其中比较引人注目的有伍锡学、寓真、蔡世平等。相对于专讲音韵格律、卖弄典故、乱掉书袋的一些诗作，白话派的出现，使诗坛吹来一股清爽之风。他们因在探索新路、致力于诗的自由化、白话化方面显出共同的有意的努力，且在诗歌风格方面有一致之处，所以引起很多读者的整体性的极大关注。另外，还有一些旧体诗人在借鉴新诗技巧方面也进行了许多卓有成效的探索，尤其是在诗歌语言和艺术技巧上进行了卓有成效的探索和革新。

　　伴随着现代科技的发展，李子、嘘堂、独孤食肉兽、无以为名、添雪斋等等活跃于新媒体的诗人成就非凡，甚至都有以自己名字命名的"体"，姑且称为新媒体派。这些诗人大胆的艺术探索，为当代诗词的发展注入了鲜活力量和蓬勃生机。

当然，诗歌流派的产生并不是大人物偶然的心血来潮或诗评家的强行"指腹为婚"，而是通过众多诗人们长期实践而形成的鲜活的艺术生态。这里所述诸流派均出自个人视角，只是想为了解当代旧体诗歌的发展提供一个简单而清晰的线索罢了。写作毕竟是一种个人化的劳动，上述诸位，也仅仅是我的一种简单排列，其实他们每个人的创作也都有自己的艺术差异和个人风貌。在诗歌的国度，人们关注的永远是那一个，而不是那一群。

关于我自己的创作，因为和刘征老师接触多些，对他的作品也熟悉些，所以从情感上来说，我对三友的作品共鸣多一些。至于圈子，我不反对诗友之间的积聚交流，诗酒风流，古之潇洒。但我本人不是善于交际和交流的性格，也不喜欢热闹喧哗的氛围，所以一直没有也不愿加入某个或某几个圈子的交流。

旧诗作者过去老龄化严重，呈现出鲜明的年龄特征。现在则分布在各个职业群和年龄层，队伍兴旺，令人欣喜。同样，旧诗主要的读者对象如今也广泛分布在各个行业和年龄层面，这是令人欣喜的。古人说有井水处有柳词，我们今天也可以说有酒有花有爱的地方就有当代诗词。

四、您如何评价当代旧诗写作的成就？与唐诗宋词的辉煌时代相比如何？与当代新诗相比又如何？

经过漫长时间的冷落和寂寞，某些人士对旧体诗这一诗体怀有惯性化的偏见并不奇怪。在他们以重重的鼻音奚落和贬斥一番之后，或许眼睛的余光一扫，就会发现，旧体诗实际上已经成为了一个引人注目的诗坛热点，并且理直气壮地站在了舞台的中心。尽管有人将此现象蔑称为"复辟"，复辟就复辟吧，无论承认与否，旧体诗的繁荣兴旺已经是既成事实。这里"复辟"的不是旧的思想，而是优雅和谐的传统美学原则。伴随着这一辉煌热烈的"复辟"进程，音韵美、节奏美、形式美等汉诗精华又重新回到久违的当代诗坛，并且放射出更加灿烂的光芒。但愿这光芒能够辐射进越来越久远的未来时光里去，为"新兴的文化"的延续和发展继续做出新的贡献。

当代旧诗和唐诗宋词就像一条河的上游和下游，九曲联环，连绵不断。他们的关系不是一座山和一座山的关系，不是比较谁高谁低的关系。

至于新诗和旧诗，我认为就像诗歌的两只翅膀，一齐飞，一起飞。

五、在当代语境下，旧诗写作面临的最大问题是什么？您认为旧诗在未来会有怎样的前景？很多人认为旧诗是一种落后的文体，它无法有效地表现现代人的社会生活和思想情感，您对此有何看法？

旧体诗以新的精神、新的感受、新的思考和新的活力，逐渐在日益萧索的诗坛上，重新树起了一面属于自己的生动的旗帜。应该承认，当代人写的旧体诗，的确有许多缺憾：语言陈旧、意境单一、佶屈聱牙、泥古不化……许多诗人还停留在对传统形式的继承上，缺乏文本实验的自觉性和自信性，时代感不强，眼界也不够开阔；当代旧体诗的理论研究更是相对滞后，跟不上创作实践的前进步伐……缺憾归缺憾，但那种把旧体诗当作旧古董一股脑儿扔进旧货市场的做法，我很不赞成。

可以说，在新的时代面前，旧体诗歌并没有如某些人所断言的那样完全迷失自己。如果只看到静止状态下的一些表面的局限和缺憾，却忽略了旧体诗词随着时代发展而产生的种种新变化新探索，那才是真正的冥顽不化、抱残守缺。

请看今日之诗坛，竟是谁家之天下？应该说是新诗和旧体诗共同的天下。无论新诗还是旧体诗，诗心应该都是相通的。这两种诗体不是截然对立的，也是完全可以共存共荣、友好竞争的。即使有人执意用偏见的黑布蒙住自己的眼睛，也只能说明自己看不见了欣欣向荣的红花绿草，并不能证明窗外就没有春光。

旧体诗的前景如何？如果让我占卦，一定是否极泰来，光华万丈。

六、您认为旧诗写作者应该具备怎样的禀性和知识结构，比如需要阅读什么书籍，增加哪些阅历，培养哪些品格？

宋人黄庭坚的那首七律《清明》中"雷惊天地龙蛇蛰，雨足郊原草木柔"这两句优美动人，受到很多人的喜爱。而接下来的"人乞祭余骄妾妇，士甘焚死不公侯"这对比鲜明的两句诗，我认为更加令人深思。

在这里，诗人由春日美景联想到荣枯生死的严肃命题，进而深入思索生命的不同意义。每个人的品格不同，其人生道路和价值也就犹如云泥。

有人格者，才有诗格、文格。清代学者王国维在《人间词话》中说"有境界则自成高格"。格的高低，区分出人的轻重和厚薄，也成为评诗论文的一个重要尺度。好的作品都是有核的。格，就是作品的核。有了核，作品才有生命力，才有根，才能在别人的心中展枝、萌叶、开出美丽的花朵。

唐代诗人杨敬之在称赞诗人项斯时说"几度见诗诗总好，及观标格过于诗"，唐代皎然在《诗式》中有"气格自高"的说法，宋代欧阳修《六一诗话》中有"气貌伟然，诗格奇峭"的评论。就连被视为婉约派的宋代词人柳永，其作品中也多次出现"属和新词多峻格""雅格奇容天与"等与格相关的词句。

而今天的某些诗人，则多重作品的辞藻，重奖项，以头戴各种世界级全国级的"桂冠"为荣，而少有关心格高格低的问题。甚至有诗人以放浪狂狷、矫情作态为时髦，以跑奖买奖、互相吹捧为能事。然而，一个诗人如果没有了人格，其实也就没有了诗格。即使是通过手段荣获了某某大奖，即使因为某种出格的"表演"浪得声名，可是别人评价起来，也可能会一言以蔽之："格低！"

气有清浊厚薄，格有高低雅俗。格的高低，还是由心的清浊决定的。一个心境清明的作家写出了好作品，即使没有获过什么奖项，人们照样会记住他，尊敬他。而以人格尊严为代价来获取荣誉的行为，则肯定会使作家自己的形象更猥琐，更可笑。"格"，闪耀着生命的光辉，照耀着脚下的道路。有时候需要忍受冷漠和孤独，需要经历风雨和泥泞，更需要用坚硬的骨头和滚烫的心灵来追寻和捍卫。

至于阅历，我认为不必刻意去做，随缘随性而为。生活处处有诗情。比如狄金森一辈子没有出过远门，照样写出好诗。重要的还是内心开掘和美学发现。

至于阅读书籍，我想除了诗词作品和诗词常识，对《道德经》《论语》等元典典籍是值得特别研究的。

七、旧诗是否特别重视渊源和门户，当代的任何一位诗人，都能从某位古代诗人那里找到渊源，是这样的吗？

我个人喜欢自由散淡、无所羁绊的生活。飘然而来，飘然而去，歌来时歌，歌去时歇，外感造化，中动心音。我个人不重视什么渊源和门户，也不觉得当代诗人能从古人那里找到渊源有多么了不起。

八、有人说当代旧诗的出路在于创新，您是否同意？较之古代，当代旧诗发生了哪些新的变化？

文化本身是柔软而温润的，传承不是机械地复制粘贴，发展不是简单地顺流而下。中华优秀传统文化的传承发展，离不开创造性转化和创新性发展。所以我赞成当代旧诗的出路在于创新。

秉持客观、科学、礼敬态度的"创造"和"创新"，是激活优秀传统、滋养文艺创作的两个关键词。致力创造，优秀传统文化才能更加丰富多彩。勇于创新，优秀传统文化才能更加活力无限。简单否定、数典忘祖的生硬态度当然会撞南墙，而复古崇古、泥古不化的迂腐作法也会走入死胡同。只有不断赋予优秀传统文化新的时代内涵和现代表达形式，不断补充、拓展、完善，才能真正获得涵育人心的不竭之力。这种创造和创新吸纳传统、检验传统，同时在传统的基础上不断提高。

较之古代，当代旧诗在内容、情感、思想、词汇、表现手法等方面，发生了不少的新变化。比如魏新河说"秋水云端岂偶然，迢迢河汉溯洄间。此身幸有双飞翼，载得相思到九天"，这是古代诗人笔下所没有的内容；再比如刘庆霖说"夜里查房尤仔细，担心混入外星人"，这是古人没有的情感；再比如聂绀弩说"尊书只许真人赏，机器人前莫出书"，这是古人没有的思想；再比如李子说"种子推翻泥土，溪流洗亮星辰；杨柳数行青涩，桃花一树绯闻"，这是古人没有的表现手法……

九、您的作品具有怎样的特质？能否结合一两首具体作品作一番自我解读？

我的作品具有与其他诗人不一样的特质，我才为我。不过，我不好自我解读。作品还是交给读者和时间去检验吧。我有自信，也看天意。

十、您认为诗歌写作的意义何在，是一种个体的的言说和宣泄，还是某个群体的代言，抑或是一种改变社会的工具？

我年轻的时候喜欢杜牧，现在则特别喜欢杜甫。杜甫胸怀天下，寄情人间，沉郁顿挫的笔下总是充溢着一股浩然昂扬之气，温暖明亮，撼人心旌。历数古今中外，写诗的人大致可以分为四种类型：有的人为自己写诗，探索心灵的密码；有的人为另一个人写诗，歌唱美好的爱情；有的人为读者写作，寻找广泛的共鸣；有的人为苍生写作，替人民鼓与呼。这些诗人的出发点各不同，也都能留下一些优秀作品，不过我个人更欣赏杜甫那种为苍生而讴歌的写作态度。

一首好诗，需要有血气的光芒和洞穿灵魂的力量。好的诗歌是野生的，更是有核儿的。杜甫的诗歌就是这样有核儿的野生的诗歌。关注民瘼、情系苍生、传递温暖、鞭挞黑暗，是古今中外一切优秀诗歌和诗人的最重要、最鲜明的标志。

十一、您认为您的作品能流传于世吗，为什么？

我的作品能否流传于世，我自己无法预言。但我可以说我的作品最感人——其中首先感动的是我。

诗词贵在有自己面目，诗人存在的价值不是靠量的堆积，而是在于美学上的质的飞跃。如果诗词作品真正来于自我的生命体验、生活感受和社会观察，这些文字带着诗人自己身上的体温，带着自己的汗水和泪水，带着自己伤口里的热血和灵魂里的芬芳，那么诗人的诗歌应该是这世界上最感动自己的文字。诗人就有勇气也有资格放言："我的诗词最好"。如果诗人把自己的生命当作一首诗，认真推敲，尽情抒写，珍重其中的每一个字眼、每一个词汇，这样的生命诗篇，就是俄罗斯诗人普希金所说的那种"非人工的纪念碑"。

星河灿烂，我不愿做流星、卫星、行星，立志做一颗恒星，用自己的热，发自己的光。恒星并不一定都是太阳，有的恒星只是在无数光年之外的遥远地方默默燃烧，默默灿烂。可能人们的视线并没有关注到它，但它的光芒是永恒的。这就需要一份耐得大寂寞的恒心和定力。诗词的品位来自生命的质量，生命的质量决定了诗歌的品位。